GOBOOKS
& SITAK
GROUP©

GOBOOKS & SITAK GROUP©

三日月書版

三日月書版

輕世代
FW114
幽鬼宅急便
03喵嗚！請問你聽不懂鬼話嗎？
俗人 著
言一 繪
三日月書版

穆方

男，十七歲的高三學生。父親姓穆，母親姓方，兩人姓氏合在一起偷懶取了這個名字。

學校所有曠課和處分的最高紀錄保持人，堪稱老師和家長眼中最完美的反面典型。

不過鮮為人知的是，穆方是因為家裡欠下外債才故意自暴自棄，想斷了父母的大學夢，以便早日輟學打工賺錢。

為人處事大大咧咧，看似很不可靠，實際上很有原則，被老薛選中成為新任三界郵差，替死人送信。

韓青青

女，十六歲，明星高中高二學生，與穆方不同校。
穆方因為追蹤靈體，誤入女更衣室，撞到韓青青換內衣，就此相識。
後又因為一連串事件不斷發生交集，成為穆方的紅顏知己。
不過兩個人在一起時少有和諧，反倒鬥嘴揭短的時候較多。

幽鬼宅急便

目錄

AIR MAIL

01

大考危機

穆方將李向秋送入輪迴沒多久，韓立軍便帶著一隊刑警趕到現場。

張建國家前腳挖出四具屍體，賀青山後腳就押著張建立到警局自首。他的罪行證據確鑿，槍斃是百分百逃不掉。而秋荻因為驚嚇過度，成了精神病患，雖然免去牢獄之苦，卻也被關進了精神病院。

壞人受到應有的報應，穆方心情很愉快，但身為重要關係人，他在警局作了好久的筆錄，被折騰到大半夜，才拖著疲憊的身體返回住所。

穆方想要好好大睡一覺，只可惜在家裡等著他的不是溫暖舒適的床，而是一隻磨刀霍霍的烏鴉。

「靠，你怎麼在這?嚇了我一跳。」剛推開房門，穆方就看見烏鴉站在桌子上瞪著自己。

烏鴉用爪子點點桌面：「這是你師父託我給你的。」

「什麼東西?」穆方走過去拿起來一看，是一片白玉碎片。

「噢，又是那個什麼法器。」穆方恍然，從懷裡掏出自己的玉片。

兩塊玉片形狀不同，但色澤和材質看起來一模一樣。

烏鴉道：「你找個小袋子裝這兩塊玉片，隨時貼身攜帶，對你大有益處。」

「找袋子太麻煩了，黏在一起不行嗎？」穆方順著邊緣把兩塊玉片拼起來。

烏鴉不禁大笑：「玉珮不知碎成了多少塊，哪有那麼巧，剛好被你找到兩塊靠在一起的……呃……」

話音未落，就見兩塊玉片緊密地貼合，伴隨著一團濛濛柔光，徹底合二為一，看不到一點縫隙。

「很難嗎？」穆方把大了一圈的玉片在手指間轉了轉，一臉得意。

看著穆方那小人得志的樣子，烏鴉不爽了：「既然你運氣這麼好，我們就開始吧。」

「開始？開始什麼？」

還沒等穆方明白怎麼回事，烏鴉眼中精芒一閃，四周景物一陣扭曲，轉眼之間，一人一鳥已來到另外一個空間。

天空中烏雲層層疊疊，宛如一根根粗大的羽毛；地面也是一片墨黑，望不見盡頭。

「這是什麼鬼地方？」穆方心裡一陣陣發毛，扯開喉嚨大喊：「師父，救命啊，我被你的老鳥綁架啦！」

「大人去了靈界，把你交給了我。」烏鴉的聲音在穆方身後幽幽響起：「接下來的幾天，我會代替他教你一些東西。」

「我才不要跟鳥學。」

穆方掉頭想走，剛回過身就愣住了。他的身後，不知何時出現一名四十多歲的黑瘦男子，身著仿古黑衣，面容冷峻，背手而立。

穆方四下看了看，疑惑道：「你是誰？那隻老鳥呢？」

黑瘦男子額頭青筋暴起，寒聲道：「臭小子，我警告你，如果你再敢叫我老鳥，我就一把捏死你。」

「啊？你就是那隻——」黑瘦漢子怒目一瞪，穆方剛到嘴邊的「老鳥」兩字又被生生咽了回去。

黑瘦男子看上去異常剽悍，跟烏鴉模樣的震撼力截然不同。

穆方訕訕笑道：「這位大哥，您怎麼稱呼啊？」

「我叫李文忠。」黑瘦男子冷然道：「天道所限，我不能隨意進出靈界，只能以金烏為引，蒙蔽天機。這裡是我的黑獄結界，故能以本體與你相見。」

什麼金烏銀烏，不就是烏鴉老鳥嗎，弄個文謅謅的名字幹嘛。

穆方心裡一陣鄙夷，但嘴上依然客氣道：「原來是忠哥啊，師父讓您教我什麼東西呀？」

李文忠神情冷峻：「滅道，地府殺伐之法。」

穆方本來毫不期待，但一聽是什麼殺伐之法，好像還挺厲害的，眼睛頓時亮了。

「好好好，我學我學！」穆方摩拳擦掌，躍躍欲試。

「別以為學這個簡單。」李文忠瞥了穆方一眼，繼續道：「滅道有殺伐九十九道，你現在是通靈境中期，可以掌握前三道。如果一年之內，你能掌握兩道，就算是天才了。」

「你直接給我傳功不就好了，輕鬆搞定！」穆方滿懷期待地搓著手：「需不需要脫衣服啊?電視裡演傳功時都要打赤膊。」

李文忠差點沒被穆方氣暈，咬牙切齒道：「吃得苦中苦，方成人上人。想成為強者，沒有捷徑可走。」

「呿，真遜。」穆方有點意興闌珊。

李文忠強行按捺住一拳轟殺穆方的衝動，耐著性子道：「除了滅道之外，還有你的靈目。二段開眼雖是意外，但也說明你擁有了這個能力。以你現在通靈境中期的實力，若是能真正掌握，便可以發揮出通靈境後期，甚至聚靈境的實力。」

「二段開眼？」穆方不太明白，但下意識地想起與張建立搏鬥時的情況。那個時候，自己的眼睛好像確實有些奇怪。

李文忠道：「靈目原來的主人是個非常強大的存在，二段開眼可引出原主人的血脈，發揮更強的力量。但同時，你也會被原主人的性情影響，若是不能控制，二段開眼非但不能成為助力，還會讓你陷入萬劫不復之地。」

李文忠故意停頓了下，挑釁似地看著穆方：「聽完這些，你還想跟我學嗎？」

李文忠是想玩個激將法，激發穆方的鬥志，只可惜，他實在是高估了穆方的節操。

「這麼危險？那我不學了，反正我現在這樣也挺好的。」穆方東張西望：「沒事就放我出去吧，這裡好黑啊。」

李文忠臉色一陣青一陣白。

他教過的人數不勝數，窮凶極惡者有之，膽小懦弱者亦有之，但像穆方這麼無恥的，還真是第一次見到。

「小子！」李文忠咬牙切齒，惡狠狠道：「從今天開始，我會讓你知道什麼叫噩夢！」

三天後。

空蕩的房間中突然蕩起陣陣漣漪，一團黑色光幕爆開，撲通一聲，一個人影跌落在地。

穆方披頭散髮，身上的衣服碎成一條條的，好像剛被幾十個大漢蹂躪了一樣。

穆方費力地抬起頭，看了看四周，頓時淚眼矇矓。

「嗚嗚，我終於活著回來了！」

三天的時間，穆方覺得比三年還要漫長。

那個該死的老鳥李文忠，簡直就是惡魔！禽獸！還學什麼滅道，差點把自己滅了。

幸好拚死學成了第一道，要不然真照李文忠說的在裡面待上一年，怕是連骨頭都不會剩下。

「床，床在哪……」

穆方像條垂死的大蜥蜴，用盡最後一絲力氣爬到床邊，但還沒躺上去，就趴在地上呼呼打起了呼嚕。

片刻後，屋裡又是光華一閃，烏鴉的身形出現。

李文忠抖了抖翅膀，落到床頭，看著熟睡的穆方，眼中複雜莫名。

為了督促穆方，李文忠故意說他的黑獄結界時效性是一年，想提前出來，必須至少學會一道，才能打破禁錮離開。

可事情的發展，完全出乎李文忠的預料，僅僅三天時間，穆方竟然真的學會了第一道。

即便是李文忠自己，當年也花了三個月的時間才掌握第一道。而且他當年付出了多大的辛苦和毅力，哪像穆方那樣一把鼻涕一把淚、一邊喊著罷訓一邊練的。

李文忠飛身下來，用爪子抓起穆方的腰帶，輕而易舉將其提到床上，再蓋上被子。

「也許你真能達成大人的心願。」看了穆方一眼，李文忠展翅飛出屋外。

正常人的話，被李文忠折磨三天，不在床上趴上十天半個月不可能起來，然而穆方睡了一天一夜，再吃了頓飯，就滿血復活了。

「差不多得去找蕭逸軒了，不知道他那古畫到底值多少？」穆方滿血後第一件事想的就是敲竹槓。

不過，他又依稀覺得好像還有什麼事沒做。

「一中，蕭逸軒……學校，老師……學校，老師……」

嘀嘀咕咕了老半天，穆方腦子裡突然閃過了答案。

「我操，學校！」

穆方手忙腳亂地翻出書包，連滾帶爬地衝了出去。

新年後，除了記錯的開學日，穆方沒再到過學校。黑水八中的曠課紀錄，又被穆方自己刷新了。

穆方在學校外頭找了個地方停好機車，心情忐忑地走進了校門。看看時間，第三節課都快結束了，不過對於他這個曠課多天的奇葩來說，遲到不遲到根本算不上什麼。

摸到教室旁，從後門偷看了一眼，發現這堂不是班導肖國棟的課，穆方多少鬆了口氣。他正想等下課後趁亂溜進去，肖國棟卻剛好從隔壁班出來，兩人一照面都愣住了。

肖屠夫不是每節課都要上到最後一分鐘嗎，怎麼今天不等打鐘就出來了？

穆方暗道了一聲倒楣，只得賠笑道：「肖老師好。」

「噢，穆方啊。」肖國棟笑呵呵道：「來上課了啊。」

「嗯，是啊……」穆方有點懵，今天太陽從西邊出來了啊，肖屠夫怎麼轉性了？

恰在這個時候，下課鐘聲響了起來。

肖國棟看了看手表道：「你先回教室，我下節還有課，放學後你來辦公室找我。」

「嗯。」穆方低頭應了一聲，垂頭喪氣地進了教室。

就知道沒好事，等等不知道肖屠夫要怎麼收拾自己。

班上同學對穆方這個蹺課王早就見怪不怪，抬頭看一眼後繼續各忙各的。穆方回到座位上，同桌的馬梁揮手打了個招呼。

「嗨，來了啊。」

「嗯，來了。」穆方疑惑地看了馬梁一眼。

馬梁是個長舌公，每次見到穆方話都很多，尤其是在穆方曠課的情況下。可今天卻有些不同，打完招呼後，馬梁就用下巴抵著桌子，一副半死不活的樣子。

「你沒事吧，怎麼像快死了一樣？」穆方觀察了一會兒，覺得馬梁不像有生病的樣子。

「沒死，但也差不多了。」馬梁唉聲嘆氣道：「你這些日子沒來所以不知道，肖屠夫開始祭屠刀了。」

「出什麼事了？」穆方問道：「我剛才碰見他，笑得超級燦爛，要我放學後找他。」

「他那是笑裡藏刀，現在就剩你還沒被捅了。」馬梁坐起身子，憤憤道：「肖屠夫這陣子天天找我們幾個排名倒數的去談話，勸我們不要繼續升學。他找我三次了，一直叫我回去繼承家裡的工作。我要是真的說了，我家老頭絕對會打死我。」

「他叫你不升學你就不升學啊？」穆方不以為然：「別理他，大不了多被他嘮叨兩句。」

像穆方這樣想畢業後直接工作的奇葩畢竟是少數，多數學生就算功課再差，也會想考考看大學。出於升學率的考慮，偶爾會有老師建議成績不好的學生別參加考試，不過他們只是建議而已，沒有強行阻止的權力。

「其他班也有人被叫去談話，但他們能聽聽就算了，我們班可不行。」馬梁嘆了口氣：「尚屠夫挑明說了，我們要報名考試他不會阻止，但如果沒考上學校，他就要扣住我們的畢業證書；而如果主動放棄呢，就算不參加畢業考，他也會把畢業證書發給我們。再不然，可以主動申請留級，他會幫忙協調。總而言之，只要別拉低班上平均成績就行。」

「操，這麼陰險。」穆方眉頭皺了起來。

尚國棟雖然一直處處針對他，但穆方沒記恨過。自己不好好學習，又整天蹺課，不受老師喜歡也沒辦法。畢竟那些傳說中的博愛教師，大多只在傳說中存在。

可尚國棟這種做法，就有點過分了。

由此看來，肖國棟要穆方放學去找他，十有八九也是要談這件事。

若是以前，穆方不需要肖國棟約談，自己就主動放棄升學了，可是這些日子當三界郵差送信的經歷，讓他改變了以往的想法。

為了父母的心願，就算註定考不上，無論如何也要去拚一拚、試一試。

更何況現在，他也不見得真的考不上。

如果沒記錯的話，黑水一中那個老師蕭逸軒好像說過，他可以幫忙考試作弊。

反正都是作弊，大考小考都一樣嘛！

前天、昨天、今天，肖國棟找穆方談了三次話，越說越直白，幾乎就是指著他的鼻子說他不是考大學的料，與其浪費寶貴的教育資源，還不如早點找個工作。

穆方沒表現出任何反感，三次都是嘻嘻哈哈地打太極應付了過去。這天晚自習放學後，他騎著機車駛入夜幕當中。

不過不是回家，而是前往黑水一中。

雖然上次在操場附近見到蕭逸軒，但那不代表他的執念之地就那麼一小塊，教學大樓很可能也在活動範圍內。想找到他，最好還是進行地毯式搜索。

穆方不想再像上次一樣被一群體育老師追，於是選擇晚上祕密潛入。

黑水一中確實管理比較嚴，但那是白天，晚上就鬆太多了，就算在操場上裸奔都沒人管。不過為了保險起見，穆方還是等到凌晨一點才翻牆進入學校。

進入之後，靈目一開，黑漆漆的校園看得和白天一樣清楚。

學校到底是清靜之地，即便晚上也看不到多少遊魂。

穆方在操場上轉了兩圈，一無所獲，躡手躡腳地從一扇未關死的窗戶溜進教學大樓。

他走了沒多遠，一陣流利的英文朗誦聲便傳入耳朵。

這麼晚了，正常人肯定不會在這背書，唯一的可能只有靈。

順著聲音，穆方到了三樓的一間教室外面，從窗戶往裡看，一個頭髮花白的老人正在念英文。

正是蕭逸軒。

教室的門鎖著，穆方敲了敲門。「您可真有雅興啊，三更半夜在這對空氣講課。」

「這是唯一能讓我靜心的事情了。」蕭逸軒下意識地回了一句，緩慢地轉過身子後，兩眼頓時就亮了。

蕭逸軒由靜轉動，嗖地一下從教室裡竄出，一把抓住穆方的手。

「您總算來了，快、快，我要送信！」

我靠，速度真快。

「冷靜，冷靜。」穆方被蕭逸軒搖得身子都跟著抖：「老爺爺，我當郵差也有段時間了，像您這麼急切的客戶還真是第一次見到。」

「不急不行啊，我孫女等不及……」蕭逸軒一副欲言又止的模樣。

穆方不以為意：「我對您的隱私不感興趣，只負責送信。」

「太感謝了。」蕭逸軒匆匆忙忙從懷裡掏出一封信：「您把這封信送給我孫女雯雯，我那幅唐寅的〈松崖別業圖〉就是您的了。」

唐寅？唐伯虎?!

穆方眼睛一亮。

比起蕭逸軒的信，穆方對唐寅這個名字興趣更濃。

穆方不懂字畫，但唐伯虎的名字可是耳熟能詳。雖然不知道〈松崖別業圖〉是個什麼玩意，但唐伯虎的畫，哪一幅不是價值千金？

至於真偽什麼的，穆方並不擔心，自有天道會幫他鑑定。

不過現在，穆方想要的可不止一幅古畫。

「老爺爺，您只有一幅破畫啊？」穆方咳嗽了一下：「沒別的了嗎？」

「破畫?!」蕭逸軒的聲音提高了八度，瞪大眼睛道：「〈松崖別業圖〉可是唐寅的真跡，真正的瑰寶！經手過此畫之人，無一不是身分顯赫、高官顯爵之輩。幾十年前，這幅畫為一名軍閥所得，我父親在對方手下當副官，後來軍閥戰敗，畫才落到了我父親手上。」

「呿，偷的吧。」穆方鄙視。

「放屁！」蕭逸軒臉紅脖子粗地辯解道：「那時候戰亂頻頻，如果不是我父親，〈松崖別業圖〉很可能早就毀損了。父親臨終前把畫傳給了我，我也從未想過將它變賣，只可惜天災不可避，一場大火讓我和畫都……如果能通過你的手讓畫重見天日，也不失為一樁美事。」

鈔票。

「當然是美事。」想到〈松崖別業圖〉的價值，穆方眼前登時飄過無數白花花的

「對了，老爺爺，您上次見我時不是說能幫忙作弊嗎？」

「嗯，好像說過……」蕭逸軒有些尷尬。作為一個上了年紀的教師，對作弊這種事他向來深惡痛絕，上次是情急之下，才口不擇言。

穆方不管那麼多，問出了自己最在意的事情：「那幫忙考大學也可以吧？」

「可以是可以……」蕭逸軒支支吾吾：「不過我上次也只是說說，想作弊其實有些難度。要我答題是沒問題，但我看不到考卷，您的朋友也看不到我……」

「那些都不是問題，是我要考。」穆方指了指自己的鼻子。

「啊？」蕭逸軒的下巴差點掉到地上：「您不是三界郵差嗎？」

「社會在發展，時代在進步，這年頭到處都看學歷，三界郵差也得多充電啊。」

穆方一本正經地向蕭逸軒微微欠身：「總之就拜託您了。考卷什麼的，我只要拿在手裡，您就可以看見了，到時候還要勞煩您念答案給我聽。」

「那個……」蕭逸軒掙扎道：「那也得您被分在一中的考場才行，別處我去不

了。」

「不用擔心這個。」穆方笑呵呵道：「我是八中的，我們學校的考場一直以來都在一中，已經是慣例了。」

蕭逸軒又糾結了好一會，才一臉無奈地將信遞給穆方：「那好吧，我同意。信就拜託您了，麻煩一定要快。」

信件：爺爺的勸告。

報酬：〈松崖別業圖〉，唐寅真跡。

寄信人：蕭逸軒，四年幽魂，男，卒年六十七歲。

收信人：蕭雯雯，十八年惡靈，女，卒年八歲。

大概天道也覺得穆方太沒有節操，壓根沒把考試作弊納入報酬當中。不過現在穆方可沒時間管那個，他完全被收信人的身分嚇到了。

惡靈！

嗖地一下，穆方的手從信上縮了回來。

穆方唯一接觸過的惡靈是劉豔紅，一番苦戰差點把命丟掉，熔了一堆黃金才勉強將其降服。

劉豔紅只是一個剛剛異化的惡靈，但蕭逸軒這位孫女真是不得了，別看死時八歲，在做惡靈的資歷上完全是劉豔紅的老前輩。

十八年的惡靈！

師父當初說得清清楚楚，惡靈是能夠傷人的。十八年的惡靈，天知道手底下有多少人命，萬一送信的時候出了什麼意外，去哪找一大堆黃金煉化她？

「老爺爺。」穆方咳嗽兩聲：「您孫女怎麼是惡靈啊？她是怎麼死的？」

「她十八年前突然失蹤，我也不知道怎麼死的。」蕭逸軒臉上泛出濃濃的悲切：「我找了她十多年，音信全無，想遠離那個傷心地才來到黑水。直到我死之後，才偶然得知她早在失蹤當年就已過世，而且成了惡靈。

「雯雯是個乖孩子，特別喜歡小動物，尤其是小貓，我實在無法相信她會成為惡靈。我知道惡靈極可能傷人，所以才想寫封信，勸她放下心中執著，早入輪迴。」

你自己也沒入輪迴，還教訓別人呢。

穆方嘀咕了一句，突然意識到了什麼，問道：「聽你剛才的意思是，你孫女不在黑水市？」

「當然不在。」蕭逸軒理所當然地回道：「當年我們祖孫一直生活在安洪市，她是在那裡失蹤的，靈肯定也留在了那裡。」

安洪市是一座規模更大的城市，距離黑水市有幾個小時的車程。

穆方糾結萬分，躊躇了老半天，最終還是狠狠一跺腳。

媽的，高風險高回報。不就是個小女孩嗎，充其量通靈境後期。老子現在通靈境中期，二段開眼一樣是後期，再加上新學的滅道，誰怕誰啊！

「你這任務，我接了！」穆方一把拿過信封。

契約達成！

伴隨著一道冥冥中的聲音，血紅郵戳憑空再現，砰的一聲印在信封上。

02

愛貓的女孩

安洪不是黑水，穆方一個高中生，在那人生地不熟，去玩幾天還行，至於找一個惡靈……

回想起前幾次任務找人的麻煩，穆方知道，這次安洪之行絕不是一個人就能搞定的。

師父去靈界，老鳥也不知飛哪去了，穆方想來想去，最後想到了賀青山。

上次的事件當中，賀青山欠了穆方一條命，一直說要報答。穆方一通電話打過去，賀青山問都沒問就答應了。

賀青山說他有個小弟就是安洪人，外號叫錘子，在那邊很吃得開，到時候找輛車，帶上錘子，三個人一起去。

搞定了幫手，穆方特地去學校向班導肖國棟請假。

開學至今總共才上了四天課，穆方自己也感覺說不太過去。請個假，多少心安理得一點。

肖國棟倒是很痛快，壓根沒問穆方為什麼請假。只要這小子不在學校搗亂，不考大學，他樂得清閒。

除了尚國棟外，穆方還找了馬梁。

穆方和其他同學沒什麼交情，校內只有馬梁一個朋友，之前不給手機號碼，是擔心馬梁纏著要到自己家玩，讓人知道家裡的情況。然而現在要去安洪市那麼遠的地方，萬一出了什麼事，這邊有人能聯絡會比較方便。

穆方沒告訴馬梁他去安洪做什麼，可馬梁一聽到地點，頓時就來勁了。

「穆哥，我支持你！放心地去，這裡有什麼事我幫你處理！」馬梁神情激動，胸口拍得啪啪響。

穆方奇怪道：「你知道我去做什麼？」

「當然知道啊，去收拾那幾個混蛋對吧！他們太可恨了。」馬梁咬牙切齒。

穆方更奇怪了，哪來什麼混蛋？旁敲側擊了半天，才算弄明白怎麼回事。

原來，最近網路上出現一支虐貓影片，施虐者是三男一女，都沒有露臉。他們用高跟鞋、鐵鉗等工具，將小貓活活虐待致死，並拍成影片上傳到網路上。

影片一曝光，頓時激起了網友們的公憤，強烈譴責虐貓行為，並展開了人肉搜索。

雖然沒查到虐貓者的詳細資料，但已經確定了施虐地點，就是在安洪市。

馬梁是聲討者的一員，聽穆方說要去安洪，立即聯想到是要去找那四個虐貓男女算帳。

穆方對馬梁的猜測頗為無語，但也沒解釋。他回家收拾了行李，便和賀青山及錘子一起踏上了旅途。

安洪市是山區城市，面積比黑水市大得多，也更加繁華。穆方很少出遠門，車一進入市區，眼睛馬上就不夠用了。

「這裡街道比黑水寬好多，房子也更高，果然是大城市……」穆方坐在副駕駛座東張西望，嘖嘖稱奇。

賀青山一邊開車一邊笑道：「安洪還算不上大城市，哪怕是隔壁的石坪也比這裡大得多。有機會我帶你去首都看看，那才叫國際大都市。」

「那說定了！」穆方嘿嘿了兩聲，問道：「今天我們住哪？旅館嗎？」

「不用，這可是我老家，住什麼旅館啊。」錘子是個活潑好相處的胖子，從後座把頭探了過來：「等會直接去我家！我父母過世之後房子就一直空著，山哥和兄弟們來安洪辦事時都住在那。還有，你說的那個地址，恰好在我家社區對面。」

「謝謝錘哥。」穆方回頭道謝。

「不用謝，你救了山哥的命，就是我錘子的恩人！」錘子說話時手勢很多，不小心揮到了旁邊的背包，掉到了座位下面，拉鍊也震開一半。

錘子把背包撿起來，隨意瞥了一眼，對穆方道：「我說小穆，你來安洪找人就找人，帶這麼多破爛幹什麼？」

「嗯，這個嘛，禮物。」穆方咳嗽了下。

「禮物？」錘子順手從包裡拿出一根超大號的蠟燭，一臉便祕的表情。

穆方訕訕笑著，也有點鬱悶。

面對惡靈，肯定要做事前準備，可老薛不在，他只能自己想辦法準備傢伙。

那口地獄鐵鍋現在封著劉豔紅，一時半刻沒辦法用，能用的只有之前幾次任務得來的東西。

十根近四十公分長的大蠟燭、一個破破爛爛的銅嗩吶、一布袋硬邦邦的大黑棗，還有九條橡皮筋，以及一小瓶靈釀。

這些東西都是靈器靈物，再加上當初老薛給穆方布四靈結界的那四個燭臺，就是穆方此行攜帶的全部裝備。

從後照鏡看到錘子在翻穆方的背包，賀青山訓道：「錘子，沒事別亂動別人的東西。」

錘子憨笑了下，將穆方的背包放回去。

穆方連忙道：「沒事，本來就是一些亂七八糟的東西。」

賀青山側頭看了穆方一眼，猶豫了下，開口道：「穆方，有些話我一直想跟你說。」

「說吧，你跟我之間有什麼不能說的。」穆方十分坦然。

「上次和張建立交手時我就發現了，你不是普通人。」賀青山目視前方：「你是我的救命恩人，只要不違背我的原則，無論你要我做什麼，我都不會皺半下眉頭，只是，我不太喜歡糊裡糊塗地做事。」

賀青山的話很隱晦，但意思不難猜——他想知道穆方來安洪市到底要做什麼。

見穆方沉默，賀青山又道：「我這個人性子直，心裡有事藏不住，如果有冒犯之處，希望你別介意。」

「沒什麼，我只是不知該怎麼說。有些東西就算我坦承地告訴你們，你們也不會信。」穆方想了想，道：「簡單說吧，我有份工作是和『靈』打交道，也就是和死人來往，這一次到安洪市，是辦類似的事。」

錘子不禁摸了下後頸，乾笑道：「小穆，你該不會是陰陽先生什麼的吧，別逗我了。」

穆方聳聳肩：「我就說你們不會信吧。」

賀青山沉默片刻，道：「我信。」

到底信還是不信，其實賀青山也說不上來。但就像他剛剛說的，他只是不喜歡糊裡糊塗地做事，所以需要一個答案，哪怕是假的也沒關係，不然他不會這麼痛快就跟穆方來安洪。

「我可不太信。」錘子嘴上說著，卻下意識地挪動屁股，離穆方的背包遠了點。

正在這時，兩輛警車響著警鈴從旁邊呼嘯而過，一下子就沒了蹤影。

錘子看了一眼，嘀咕道：「刑警隊的車，又有案子了啊。」

「安洪市的治安很差嗎？」穆方順口問。

「那倒不是，這裡的治安比黑水市好多了。」錘子回道。

「我想也是，誰叫你從安洪跑到黑水混呢，這叫此消彼長。你看你今天剛回來，馬上就出事了。」作為土生土長的黑水人，穆方對錘子的話多少有點意見，不痛不癢地調侃了下。

「靠，有這麼損人的嗎！」錘子叫道：「安洪的治安確實比較好，只是命案比較多。事實擺在那，可不是我亂講。」

穆方一翻白眼：「命案多還叫治安好啊？」

「那、那不一樣……」錘子話多，但嘴笨，一著急就開始結巴。

「是一個老案子，好幾年了。」賀青山替錘子解圍，解釋道：「十多年前開始，安洪市每年都會發生一到兩起命案，從手法研判應是同個凶手所為。而最近兩年，命案的發生率明顯上升，聽說連中央都注意到這件事了。」

穆方沒再說話，心卻不禁提了起來。

臨行之前，烏鴉特地囑咐他，表示師父推算出蕭逸軒此次的任務不簡單，說不定能找到和九靈篡命圖相關的線索，凡事定要謹慎小心。

而九靈篡命圖要想成功，就要讓煉化的惡靈各自殺足四十九人。安洪市出現連環命案，該不會就是師父推算出的線索吧……

錘子住的地方叫龍騰社區，蕭逸軒以前住在鳳翔社區，兩個社區被一條寬闊的道路隔開。

到達目的地時已是下午，穆方背著背包跑去鳳翔社區。賀青山很尊重穆方的隱私，以收拾房間的理由帶走了錘子。

穆方先去了蕭逸軒以前住的房子，又在社區裡晃了幾圈，從幾個大叔大嬸口中打聽到了蕭逸軒的事，確認他有個孫女在十八年前失蹤。可當穆方開啟靈目，找幽魂打聽蕭雯雯的時候，卻得不到任何相關訊息，讓他非常失望。

蕭雯雯是十八年的惡靈，如果在社區附近活動，不可能沒有幽魂見過她。如果不在這裡的話，會在哪？

來安洪之前，蕭逸軒提供了不少線索，比如蕭雯雯上過的小學、幼稚園，還有常去玩的公園廣場什麼的。不過想起尋找劉素珍時的經驗，穆方對這些線索沒有太大期望。

從鳳翔社區出來後，穆方心情多少有些抑鬱，打了通電話給賀青山，表示他想四處逛逛，就不回去吃晚飯了。

穆方沿著街邊閒晃，繞過了兩個街區，就在經過一條小巷子的時候，突然聽見喵的一聲，一隻大花貓從路邊的灌木叢中竄出，快速鑽進巷弄內。

穆方嚇了一跳，下意識往巷子裡看了一眼。

小巷深處有一個垃圾堆，十多隻流浪貓聚在那裡翻找食物，那隻大花貓也加入了找食物的行列。

而在看向那些流浪貓的同時，穆方的右眼忽然傳來一陣炙熱。

靈體！波動很強。

穆方心念一動，掐指結印。

「靈目，開！」

靈目一開，放眼望去，只見流浪貓中間多出一個小女孩。

女孩綁著兩條小馬尾，穿著小碎花裙子，背著書包，靈動的大眼睛眨呀眨，模樣十分乖巧可愛。

蕭雯雯：十八年惡靈，女，中毒，卒年八歲。

穆方高興得差點跳起來。

嘿，這運氣也太好了。真是踏破鐵鞋無覓處，得來全不費功夫。蕭逸軒好像有說過，蕭雯雯很喜歡貓，看來她的執念跟貓有關。

欣喜若狂的穆方剛要上前，突然想到那些命案，頓時像被人潑了一盆冷水似的，熱度又飛速降了下來。

差點忘了，這小蘿莉看起來可愛，但卻是貨真價實的惡靈。萬一她真和九靈篡命圖有關，自己貿然上前就太危險了。

穆方頓住步伐，細細觀察。

看了一會，穆方的眉頭緊緊皺了起來。

惡靈大多是通靈境後期，上次劉豔紅變成惡靈後，也能看到靈力強度，可是這蕭雯雯，竟然沒有靈力的資訊。而且……

小蘿莉蹲在那裡，將一隻小貓抱到膝蓋上，輕輕地撫摸著。

靈體接觸活物的兩個必要條件：通靈境後期、和被接觸者有某種關聯。

蕭雯雯是惡靈，必然是通靈境後期，執念似乎也和貓有關，這兩個條件確實都滿足了，沒什麼不正常，但不知道為什麼，穆方心中就是覺得不安。

穆方靜靜看著蕭雯雯，如果不是靈目顯示的資訊寫得清清楚楚，他真的無法相信這個女孩是惡靈。

那張秀氣的小臉上帶著微笑，輕撫著一隻隻流浪貓，眼中盡是純真，不見絲毫的暴虐和狂躁。

穆方遲疑了一會，還是邁步走了過去。

蕭雯雯察覺到有人接近，抬頭看了穆方一眼，將貓放在旁邊，站起了身子。

「妳好。」穆方停下步伐，打了個招呼。

「大叔你好。」蕭雯雯開了口，稚嫩的童音非常好聽，但讓穆方很鬱悶。

我才十八歲，有那麼糙老嗎。再說要比年紀，應該是我叫妳阿姨才對。

「那個……小妹妹……」記取豔紅姐姐的教訓，穆方試探性地順著蕭雯雯說話。

見其沒什麼反應，才壯著膽子往前走了兩步。

「大叔，別過來。」蕭雯雯煞有其事地揚手。

穆方聞言嚇了一跳，但聽了下一句話，他又被逗樂了。

蕭雯雯神祕兮兮道：「告訴你一個祕密，我是惡靈，會傷到你，所以別離我太近哦。」

穆方忍不住笑道：「我知道妳是惡靈，但妳現在的樣子可不像呢。」

「那是因為牠們。」蕭雯雯又抱起一隻小貓，輕輕撫摸著：「只有跟貓咪在一起的時候我才能平靜，如果沒有這些小貓咪，你看到的就不是我了。」

「噢。」穆方恍然，難怪蕭雯雯一點也不像惡靈。

「那我們都要感謝這些可愛的小貓了。」穆方笑言。

「對呀，牠們最乖了，應該被好好地呵護。」蕭雯雯靈動的大眼睛裡閃過一絲不易察覺的黯淡。

「等一下我買點吃的來餵餵牠們。」穆方投其所好。

「那太好了！」蕭雯雯果然顯得很高興。

見蕭雯雯這麼高興，穆方打鐵趁熱，連忙道：「小妹妹，妳是蕭雯雯嗎？」

「你怎麼會知道我的名字？有事嗎？」蕭雯雯有些好奇。

「我是個郵差，專程來送信給妳的。」穆方手腕一翻，信件出現在指間。

「噢，三界郵差。」蕭雯雯奇怪道：「誰寫信給我啊？」

穆方將信遞了過去：「妳爺爺，蕭逸軒。」

隨著穆方的話出口，蕭雯雯的小臉立時轉為陰沉，縮回了原本伸出的手。

「這封信我不收。」

「別鬧情緒嘛，最起碼先看看妳爺爺的信上寫什麼呀！」穆方只想把信送出去，好言安撫。

「我說不要，你沒聽懂嗎？」蕭雯雯猛一抬頭，眼中紅芒乍現，一股懾人的氣息隨之爆發開來。

好強的怨氣！

穆方一驚，下意識地抽身後退。

「喵嗚！」

那些流浪貓好像也受到了驚嚇，喵喵大叫著四散奔逃。一隻較小的貓咪可能太過驚慌，原本想跳上旁邊的牆頭，卻一頭撞到了牆上，直挺挺地跌落下來。

「呀！」蕭雯雯一驚，身形一動，跑過去將貓咪接住。

隨著蕭雯雯輕輕撫摸貓咪的後背，身上噴湧的怨氣漸漸消散，眼神也恢復了正常。

「大叔，很抱歉嚇到你。」蕭雯雯將貓咪放在地上，起身對穆方道：「但我不想收那封信，希望你別再來找我。」

不等穆方說話，蕭雯雯像隻大貓一樣跳到圍牆上，幾個躍步便消失在房屋之間。

「怎麼說走就走啊。」望著蕭雯雯遠去的背影，穆方一臉抑鬱。

小妹妹明明挺善良的，就算變成惡靈都那麼乖，可怎麼一提到蕭逸軒就發出那麼大的怨氣？該不會還在生爺爺沒照顧好她的氣吧……

不過看情形，她應該不是自己想的那種惡靈。就算和篡命圖有關，也應該是吳家四口那種類型，否則的話，絕不會因為幾隻貓就放過自己。

靈體的活動區域有限，這一片應該就是她的範圍了，先找其他靈打聽一下。

穆方晃了一圈，很快在不遠處找到一個幽魂。那幽魂很好說話，也認識蕭雯雯，但穆方得到的答案卻是他非常不想聽到的。

蕭雯雯的活動範圍不僅僅這一片，而是整個城市！

從那個幽魂口中得知，在安洪市的靈之中，蕭雯雯的口碑相當不錯，簡直就是真善美的化身。只要認識蕭雯雯的，就不可能說她的壞話。

雖然是惡靈，但蕭雯雯很怕傷害到其他靈體，所以除了在有貓的地方，都是見靈必躲。只在有其他惡靈恃強凌弱的時候，蕭雯雯才會主動靠近威懾。

而且因為移動範圍比較大的關係，其他靈若是碰上蕭雯雯，想向處於不同地方的親朋好友傳話，她都願意幫忙。在安洪這個城市，蕭雯雯的作為相當於搶了穆方的生意。

這些情報印證了穆方的推測，蕭雯雯的確非常善良。既然她那麼喜歡貓，就更能肯定她很安全了，大不了下次見面的時候抱隻大花貓過去。只是蕭雯雯的移動範圍這麼廣，實在讓人頭疼。

安洪市那麼大，想再巧遇的機率很低，可是如果用找的，要找到什麼時候？

心裡一煩，穆方不由自主想到了韓青青。看了看時間，穆方鬼使神差地打給了韓青青。

「哪位啊？」韓青青的聲音一如既往地霸氣：「馬上就晚自習了，這個時候打電話會打擾人念書你知道嗎。」

「靠。」穆方滿腦袋黑線：「少來這套，上次我把電話號碼告訴妳，親眼看妳存進通訊錄了。」

韓青青的聲音一下高了八度：「你還敢說！這麼久都沒打給我，你知道我老爹審問我多久嗎？莫名其妙拉我去挖屍體，你是想害誰啊！幸好你沒幹什麼混帳事，要不然老娘都成幫凶了。」

「呃……」想起韓立軍那凶神惡煞的模樣，穆方不由得縮了縮脖子：「好吧，是我的錯，我道歉。」

「這還差不多。」韓青青哼哼了兩句，問道：「說吧，什麼事？」

「沒什麼事。」穆方回道：「我到安洪辦事，想起妳了就打個電話。」

「呦，想我了呀。」韓青青的聲音溫柔了點，但音調很快再度飆升：「等等，你去安洪了？你去安洪幹嘛！」

吧啦吧啦，韓青青機關槍似地把穆方審問了一頓，穆方結結巴巴搪塞了半天，才勉強敷衍過去掛了電話。

腦殘啊，沒事打給這個母老虎，真是自己給自己找罪受。

穆方自嘲了兩句，感覺肚子叫了幾聲，抬頭看看天色，決定還是先吃點東西再說。在大街上逛了逛，穆方隨便找了間麵店走了進去。一進門，右眼就熱了一下。只是這一次他不是看見靈，而是看見兩個人。

正對門口的桌位坐著一男一女，穆方進門，那二人也抬頭看向穆方。男的四十多歲，面孔冷峻堅毅，穿著灰色皮夾克。女的年紀和穆方相仿，容貌美麗清冷，穿著白色羽絨外套。兩人五官相似，有點像父女，座位旁邊放著兩個背包。

靈目不僅僅是針對靈體，對擁有靈力的人也同樣會有感應。雖然不能像看靈體那樣得到詳細資訊，但只要靈力差距不大，也可大略感應出靈力高低。

這對男女的靈力約在通靈境，男人更是疑似後期的程度。

除了老薛之外，穆方還沒見過擁有靈力的人，今天一次遇上兩個，頗有一種看到同類的欣喜。瞥了兩眼，他特地找個比較近的座位坐下。

灰夾克男人看著穆方，似乎也有些驚訝：「沒想到會在這裡碰到同道。這麼年輕就有通靈境初期，很難得。」

「還好吧，司馬哥比他厲害多了，就算是我都比他強。」白外套少女瞥了穆方一眼：「對了，爸爸，他該不會是來搶生意的吧？」

「妳這孩子。」男人不禁笑了下：「除靈衛道是我輩本分，哪有什麼搶不搶的。」

「哼，這是我第一次除靈，絕對不能被人搶先。」少女加快了吃麵的速度：「爸，你也快點，我們要趕在他前面。」

男人無奈搖頭：「那惡靈狡猾無比，我們都找了半個月，不差這一頓飯的時間吧。」

「總之快點啦，我吃完可不等你。」少女只顧埋頭吃麵。

男人苦笑了下，不再關注穆方。

穆方不知道這對父女在談論他，還在盤算要不要上前打招呼。

師父只教自己如何和靈打交道，沒說過要怎麼和通靈者交流，不知道有沒有暗號什麼的。如果自己上前貿然說話，會不會顯得太外行啊……

穆方煩惱著通靈者的禮儀問題，卻把正常人的禮節丟在腦後了，一邊心不在焉地吃東西，一邊肆無忌憚地打量兩人。他看人的目光，簡直是在看珍奇動物。

看了一會，穆方不嫌無聊，但那對父女卻嫌煩了。

男人比較有涵養，只是不悅地瞥了幾眼，可少女本就把穆方看做假想敵，用眼神威脅數次未果後，終於爆發了。

「死變態，看什麼看！」少女啪地將筷子摔在桌子上。

四周的客人和麵店老闆頓時把視線轉了過來，在穆方和少女之間來回掃視。

男人咳嗽一聲：「清雅，算了，吃麵就好。」

少女不滿地哼了哼才坐下，但麵店裡的客人們沒有收回目光，一邊打量著兩方，一邊竊竊私語。

穆方很尷尬，心中更是鬱悶萬分。

這死女人，看她兩眼就是變態了啊？要不是因為她也是通靈者，誰要注意她。再說自己看的又不是臉，看的是內涵，懂不懂！

不過穆方自知理虧，這話只在心裡想想。在諸多異樣目光的注視下，他狼吞虎嚥地吃完麵就跑。

看著穆方跑出去老遠，服務生才恍然想起。

「靠，他還沒付錢！」

麵店裡頓時響起一連串咳嗽聲和噴水聲。

少女臉上更是鄙夷：「果然不是個好東西，竟然吃霸王餐。」

「算啦，管好自己就行了。」男人嘴上勸說，但心裡也十分不齒。作為通靈者，竟然幹出這種下作之事，真是丟同道的臉。

「老闆，結帳。」男人抬手招呼，老闆走過來遞上帳單。

男人接過帳單看了一眼，微微皺眉：「你這單子錯了，我們沒點這麼多。」

「多出來的那些，是剛才跑出去那個年輕人的。」老闆笑呵呵道：「雖然錢不多，但我們這邊不接受賒帳，既然你們認識，就幫他把錢付了吧。」

「有沒有搞錯，誰認識那種不要臉的傢伙！」少女勃然大怒。

老闆沒有絲毫惱怒，臉上掛著營業用笑容：「你們兩人剛才眉來眼去的，一看就是小情侶吵架，要不然人家早就翻臉了。」

「誰眉來眼去了，我——」

少女氣得臉色發白，正待發作，男人拉了她一下，對老闆道：「算了，那年輕人的帳我們付了。」

「為什麼？我們又不認識他！」少女不同意。

男人不說話，把錢放到桌子上，拎起背包，強拉著少女離開了麵店。

「爸，你拉我幹嘛？我們為什麼要替那個混帳付錢！」出門後少女依然不肯罷休，甩開了男人的手。

「大家也算是同道，就當作幫助自己人。」男人道：「更何況妳別忘了，我們還得找出那個惡靈，沒時間浪費在俗事上。」

「哼，便宜那死變態了。」少女咬牙切齒：「要是再遇到，我絕對饒不了他！」

被罵個臭頭的穆方狼狽逃出麵店，壓根沒想到自己還沒付錢，本打算搭車回龍騰社區，可當司機問他去哪裡的時候，卻順嘴說了句去流浪貓多的地方。

司機大哥一聽，把穆方當成了動物愛好者，直接開到一座公園前停下。

「整個安洪市，這裡的流浪貓最多，門口還有很多擺攤賣貓飼料的！」

隨著司機大哥熱情的一句話，穆方糊裡糊塗地下了車，看著公園門口那些賣貓飼料的小販，頓時哭笑不得。

我跑這來幹嘛啊，難不成還真的去買貓飼料餵貓？

他正想離開時，一個小女孩拉著年輕父親走到貓飼料的攤位前面。

「爸爸、爸爸……幫我買兩包飼料嘛。那些貓咪好可憐啊，都沒有吃的……」

年輕父親安撫道：「今天很晚了，要回家吃飯。明天我們再來好不好？」

「不管啦，我就要今天嘛，我不要回家吃飯，貓咪也還沒吃飯呀！」

聽小女孩在那哭鬧，穆方腦中突然靈光一現。

對啊，既然想找到蕭雯雯不容易，何不讓她來找我呢！

穆方快步走到攤位之前，對那小女孩笑呵呵道：「小妹妹，妳跟爸爸回家吃飯吧。今天大哥哥替妳餵那些貓咪，明天妳再來餵。」

「真的？」小女孩眨了眨眼。

「當然是真的。」穆方直接掏錢買下幾包貓飼料。

「太謝謝你了。」年輕父親非常感激，對穆方連聲致謝。

「哪裡，應該是我要謝謝你們。」穆方笑得很開心。

古人守株待兔，我就來個守貓待雯雯！

03

除靈師父女

此後整整五天，穆方天天拎著貓飼料到公園餵貓。之前雖然也有人餵貓，但只是買小包裝的飼料餵著玩，從來沒人像穆方這樣，背著一大袋貓飼料進公園。他為了省錢，請錘子幫忙找人批發了一大堆飼料，不怕不夠餵。

流浪貓本來只把公園當成落腳點，平時還是會出去覓食，可穆方出現之後，流浪貓們就再也不用擔心吃飯問題了。

一開始穆方只是為了等蕭雯雯，但慢慢地發現，跟這些小傢伙混在一起也挺有意思的。

撒嬌打滾、蹦跳打鬧，在穆方坐下休息的時候，那些貓還會立刻聚攏過來，和穆方擠在一起取暖。

幾天下來，流浪貓的日子挺嘿皮，穆方也很歡樂，但別人看他的眼神卻越來越詭異了。

早上一來就蹲在那餵貓，一餵就是一整天，到了晚上也不走，真的有愛貓愛成這樣嗎？再說他哪是餵貓，分明是養豬！才過了幾天啊，就把那些貓餵得又肥又圓，連樹都快爬不上去了！

第六天，穆方一如既往地背著貓飼料進了公園。隨著陣陣貓叫，沒多久他後面就跟了一大群流浪貓，浩浩蕩蕩，眾星拱月，簡直就像貓王出巡。

「呦，大花又胖了啊。二花你別調皮，三花你別欺負四花……五六七八九花，你們得減肥了……」

除了這些「花」，還有黑啊白啊黃啊的，編號從一開始往後排，差不多所有的流浪貓都被穆方取了名字。至於有沒叫錯，只有貓知道了。

穆方找了片空地，一邊餵貓，一邊四下打量。

今天是週一，又起了不小的霧，公園的人非常少。

都第六天了，蕭雯雯還是不出現，該不會故意躲自己吧？難道要換個地方？

穆方正在思考，兩個奇怪的人突然進入他的視線。

一男一女，都戴著防風鏡、背著登山包，男人手裡拿著個圓不圓、方不方的東西，一邊走一邊來回擺弄。女人除了登山包之外，還斜背了一個長長的網球袋，一隻手伸進袋裡，一副謹慎的樣子。

這兩個人之所以吸引了穆方的注意，不光是因為他們的行為與裝扮，更是因為他們都是通靈者。

穆方揉了揉發熱的右眼，心中暗自嘀咕。

這安洪市還真有意思，前幾天才碰上兩個通靈者，今天竟然又遇到了兩個。

回想起上次在麵店的尷尬經歷，穆方這次看了兩眼就連忙把目光收了回來，免得再被人當變態。

可穆方腦子裡剛這麼想，一道女聲便叫了起來。

「變態！」

嘿嘿，這次應該是叫別人吧，看看是哪個倒楣鬼。

穆方興致勃勃地抬起頭，然後就看到那個背著網球袋的女人用手指著自己，繼續叫道：「竟然是你這個變態！」

我靠！

穆方氣得差點吐血。

我哪裡變態了啊？妳又不是韓青青，有什麼資格說我變態……不對，重點是我認識妳嗎？

「喂喂，別亂指著人喊變態好不好，別人容易誤會。」穆方表達不滿。

「什麼誤會，你想裝傻啊！」那女人氣呼呼走過來，同時摘下防風鏡。

穆方瞥了一眼那副防風鏡，右眼微微發熱，就好像看到靈體一樣。

是靈器？

穆方只是下意識地一瞥，很快把注意力轉移到對方臉上。

「是妳啊。」穆方恍然。

是前幾天在麵店碰到的那個白衣少女。

這麼說的話，後面那個……

穆方往後一看，後方的男人摘下防風鏡走了過來，果然就是那天在麵店碰到的中年通靈者。

「年輕人，又見面了。」中年男人雖然也不怎麼喜歡穆方，但表現得很有涵養。

而少女依舊是一副憤憤的樣子，口中嘟囔著變態痞子之類的名詞。

「我說小姐，妳有完沒完？」穆方有些惱火：「我好好地在這餵貓，結果妳一口一個變態地跑過來罵我，到底誰騷擾誰啊？」

除了面對韓青青的時候因為理虧不敢回嘴，穆方還沒怕過和誰吵架。

少女氣得大罵：「你也不撒泡尿照照自己的樣子，誰想騷擾你啊！」

「那妳都騷擾什麼樣的？」穆方問。

「我……」少女剛要開口，忽然意識到自己差點掉進陷阱裡了，頓時怒道：「我誰都不騷擾，只打你這個死變態！」

「瘋女人打人啦！」不待少女動手，穆方直接一聲大吼。

「你！」少女覺得自己快氣暈了。

「你們鬧夠了沒有！」中年男人忍不住怒吼。

「夠了！」穆方捂嘴。

中年男人自覺失態，狠狠地瞪了穆方一眼。

想他陳天明是名門出身，平時相當注重風度，今天卻看著兩個小輩對罵，其中一個還是自己的女兒。到最後，竟然連自己也失了涵養，對他們大吼大叫。

「年輕人，你來這裡做什麼？」中年男人強壓怒火問道。

「關你什麼事，我又不認識你們。」穆方更不滿。他餵貓餵得好好的，卻莫名被人喊變態，他是招誰惹誰了？

少女又要發作，但被中年男人拉住了。男人對穆方道：「我是陳天明，她是我女兒陳清雅，我們都是除靈師。」

除靈師？

穆方訝異地看了看陳家父女，表情有些不自然。早知道這兩個通靈者是除靈師，那天他就躲著他們了。

擁有靈力的人，都稱為通靈者，有一定實力的，則稱為通靈師。在通靈師當中，有一部分專門以滅殺惡靈為己任，他們自稱為除靈師。

想獲得除靈師稱號，必須經過嚴格考核，所以他們大多認為自身的地位比通靈師更高，對外介紹自己的時候，都以除靈師自稱，以此來彰顯區別。

老薛說過，除靈師都是一群極端分子，一旦見到惡靈，不問緣由就痛下殺手。以前其他人擔任三界郵差送信的時候，時常跟他們起衝突。

因為老薛的說法，穆方潛意識裡對除靈師一直沒什麼好感，不過陳天明卻曲解了穆方臉色的含意，以為他對除靈師有敬畏之心。

「我們父女，來自閩南陳家。」陳天明頗有幾分自傲地看著穆方。閩南陳家，滿清時期就存在的除靈師世家，在通靈者之中頗具名望，陳天明刻意提及出身，是為了進一步震懾穆方。只可惜穆方的反應讓他不怎麼滿意。

「噢，我叫穆方。」穆方心想這人真是奇怪，介紹自己就介紹自己，除靈師就除靈師，還說什麼閩南陳家，又不是武俠小說。

看著陳天明期待的目光，穆方無奈地補充道：「我來自穆家，黑水穆家。」

「呃，久仰……」陳天明一頭霧水。

這個圈子說大不大、說小不小，不管是除靈師還是通靈師，就算沒見過面，也應該有所耳聞。更何況這小子如此年輕，卻已是通靈境初期，培養他的人絕不可能是無名之輩。

黑水穆家？難道是什麼隱藏家族？晚點還是打個電話向大哥問問，以他的閱歷應該會知道。

穆方不知道他隨口亂掰的回答，引起陳天明那麼多聯想，但看陳天明還是沒有走的意思，只得繼續道：「您到底有什麼事啊？如果是因為那天我盯著你們看，我在這裡道歉。」

「不是那個原因。」陳天明解釋道：「我們父女來安洪，是為了追捕一隻惡靈。這座公園是那惡靈經常出沒之地，故來查探，並非有意叨擾。」

知道陳家父女是除靈師後，穆方就有點擔心蕭雯雯突然過來；現在聽說他們要找惡靈，更是連忙果斷地揮手告別。

「沒關係，您去忙吧，我正好也有事。」

穆方一句話，陳天明又被噎住了。

他手上拿的是個羅盤，可查探靈力波動，追蹤靈體下落，但查到這裡的時候，被穆方的靈力干擾。剛剛陳清雅本來是要勸離穆方，結果發現是昨天的臭傢伙，方才有了那番衝突。

現在話已經說明白，按照常理，穆方應該主動離開，但穆方不光不走，反倒主動趕人了。看來這個小鬼才剛出道，是個什麼都不懂的菜鳥。

陳天明心中不悅，但又怕說錯話，莫名得罪那個神祕的「黑水穆家」。心中一思量，反正這公園也查得差不多了，不差穆方待的那一小塊地方。

「叨擾了。」

陳天明準備離開，陳清雅卻不太願意。

「爸，你忘了?他還欠我們麵錢呢！」陳清雅不是心疼錢，只是實在咽不下這口氣，故意說這話想讓穆方難堪。

「什麼麵錢？」穆方是真的忘了。

「真是無賴！」陳清雅哼道：「上次你吃完麵就跑了，麵錢是我們替你墊的。堂堂通靈師竟然吃霸王餐，你丟不丟臉。」

「有這回事？」穆方仔細想了想，很乾脆地掏出錢包：「多少錢?現在還給妳。」

陳清雅無語了，心裡鬱悶無比。麵錢其實沒多少，現在要是真的和他討，反倒顯得自己小氣了。

陳天明也很鬱悶，但終歸是老江湖，頗具風度地對穆方道：「相逢即是緣，區區麵錢，就不必記在心上了。」

「我就說嘛，一點麵錢有什麼好計較的。」穆方把錢包塞了回去，問道：「還有其他事嗎？」

陳天明差點一口老血噴在穆方臉上。

「沒事，再見！」

望著陳家父女抑鬱而去，穆方微微鬆了一口氣，抓過一隻大肥貓揉了揉腦袋。

「你們這些傢伙越來越肥了，但那小丫頭怎麼還不來呢？」

穆方沒有注意到，在遠處十山的一座觀賞亭上，一雙靈動的大眼睛一直默默地注視著這一切。

一個星期之後，蕭雯雯還是蹤跡全無，穆方的名氣卻越來越大，甚至驚動了部分媒體。大家都想知道這個把流浪貓當豬養的奇人背後，到底有怎樣的故事。至此，穆方的餵貓行動也只得宣告終結。

晚上，穆方好不容易躲過記者的圍堵，正準備搭車返回龍騰社區，手機鈴聲突然響起。

「我不接受採訪。」腦袋正發懵的穆方，按下接聽鍵就慣性地冒出一句。

「什麼採訪，少跟老娘打馬虎眼！」電話另一端傳來韓青青的聲音。應該是剛結束晚自習，還有很多亂哄哄的雜音。

「韓大小姐，又有什麼事啊？」穆方聽到韓青青的聲音就頭大。

「給我說實話，你是不是去安洪找那幾個虐貓的人了？」韓青青的聲音有些嚴肅：「我知道你有正義感，但必須拿捏分寸。那些混蛋確實欠揍，但畢竟人多勢眾，想教訓他們也要打得過才行啊。還有，你一點經驗都沒有，萬一最後被警察抓了……」

聽著韓青青的嘮叨，穆方無語。看來這大小姐也知道虐貓影片的事了，和馬梁同樣誤解了穆方此行的目的。

「放心，我跟賀青山在一起呢。」穆方懶得解釋，乾脆默認。

「這樣啊，那還好，他經驗豐富。」韓青青這才放下心，囑咐道：「記住，多聽他的。找到人後別急著動手，記得蒙面。」

「嗯嗯，知道了……」又胡扯了幾句，穆方好不容易才掛斷了韓青青的電話，心裡無奈。

我忙著找惡靈呢，哪有空管什麼虐貓。

突然，穆方心頭莫名一跳。

等等，蕭雯雯、虐貓……該不會……

穆方在街上晃了幾圈，找到了一家網咖，上網搜尋「安洪虐貓」的關鍵字。之前虐貓影片的事只是聽聽而已，穆方沒仔細想過那是怎麼一回事，可剛打開影片沒一會，他的眼睛就布滿了血絲。

「操他媽的，一群人渣！」穆方一巴掌拍到桌子上，把周圍人都嚇了一大跳。一個店員走過來道：「這位客人，小力點啊，拍壞了你要賠的。」

「不好意思，有點激動。」穆方歉意地對店員笑了笑。

網咖裡打遊戲打得哇哇亂叫，動不動砸鍵盤、摔滑鼠的比比皆是，店員早已見怪不怪。見穆方態度好，他也沒難為，提醒了句就走開了。

等店員離開之後，穆方的臉色又再度陰沉下來，看著影片，指甲幾乎摳到肉裡，憤怒得整個身子都在抖。

這一個星期雖然沒找到蕭雯雯，但是那些流浪貓帶給了穆方很多歡樂。即便是以前的穆方，也無法保持鎮定地觀看那支影片。

影片裡的貓都是幼貓，有的甚至一看就知道才剛出生沒多久，然而那些人……

鐵鉗、螺絲起子、繩子，甚至高跟鞋……

難怪叫虐貓影片，太殘忍了，就算是野獸獵食也沒有這麼殘忍！這種泯滅人性的事，那四個人渣不光做得出來，竟然還哈哈大笑以此為樂。用禽獸形容他們，都是對禽獸的侮辱。

看著影片，穆方再度想到了蕭雯雯。

將兩者連繫起來之後，穆方竟然感到一陣陣難以抑制的恐懼。那種恐懼不是懼怕什麼人，而是來自內心深處的強力衝擊，讓穆方不寒而慄。

正當穆方實在無法忍受，要把影片關掉的時候，一個莫名惹人厭的聲音突然響起。

「哎，這傢伙好像是在公園餵貓的那個，他也在看我們拍的影片耶。」

穆方本來戴著耳麥，但因為實在無法忍受那些刺耳的笑聲和言語，所以將聲音關掉了。兩個男人的對話，清晰地傳入他的耳中。

「你亂說什麼，被聽見怎麼辦。」

「怕啥，我聲音又不大，再說他還戴著耳機。」

穆方不動聲色地將身子向後靠，手掌從座椅扶手上移開。這家網咖的座椅扶手是金屬的，還有鏡面處理，藉著扶手上扭曲的映射，穆方依稀看到四個人站在自己身後。

那四人好像是從裡面包廂出來的，剛好從穆方身後路過。

「哈哈，你膽子也太小了吧。」一個女聲咯咯笑道：「就算聽到又怎麼樣，他們沒證據。」

「沒錯，網路上那些蠢貨只有嘴巴厲害，就算被他們人肉到我也不怕。」另一個男聲哼道：「我又沒殺人犯法，大不了叫老爸幫我辦移民。」

「少說不吉利的話。」最早說話的那人又道：「這傢伙應該就是什麼愛貓人士吧，看到這影片八成氣死了……哎，你們快看，他好像在發抖。」

「哈哈哈，真的欸，好有趣！」那女聲咯咯笑道：「我最喜歡看那些虛偽傢伙生氣的樣子，太有趣了。」

「哪裡有趣了？都這傢伙害的，公園那麼好玩的地方，現在都沒辦法去了。」又有一個男聲開口，似乎很不滿。

「這城市裡野貓多的是，不差那幾隻。」那惹人厭的男聲得意道：「我知道有個地方不錯，就在這附近，去看看嗎？」

「廢話，當然要去。」

「哈哈，找樂子去嘍！」

隨著幾人嘻嘻哈哈地離開，穆方迅速關閉電腦起身，連存在櫃檯的押金都沒要，就直接追了出去。

以前做任務找人都找得要死要活，但來安洪之後真是轉運了，正看那支虐貓影片，四個人渣就立刻出現。今天要是不和你們好好「聊聊」，可真是白白浪費了我的運氣。

出了網咖之後，穆方藉著夜色跟在四人身後。

那是四個年輕人，看起來都二十歲出頭，一女三男，穿著打扮相當時髦。

穆方跟了一段路，跟進了一條小巷子。見四下安靜無人，他加快了步伐。

突然，前面的四個人停了下來。穆方還以為自己被發現了，但隨後就看見那四人的目光都聚集在牆邊的角落。

「看，我沒說錯吧，這裡有隻臭貓剛生小貓。」短髮眼鏡男開口道。

髮色豔紅的雞窩頭男看了一眼：「一、二、三……才三隻小的啊，看來這次有人要出局了。」

「你最沒創意，當然是你出局。」說話的是個黃毛男，長長的頭髮抹著髮蠟。

「誰說我沒創意，你的方法才無聊！」雞窩頭反駁。

「算了算了，這次我不玩了，讓給你們。」女人穿的厚底鞋足足有三十公分，身上叮叮噹噹戴著一堆零碎的飾品。她興致勃勃掏出手機：「今天我拍影片，你們表現好一點啊！」

順著幾人的目光，穆方看到牆角下是一堆泡棉和破紙箱。其中一個紙箱內窩著一隻大花貓，懷裡緊緊摟著三隻剛剛出生的幼貓。

穆方瞳孔一縮。

看來這四個混蛋，是盯上那三隻幼貓了。

如果暫時不管，讓那女人拍影片，穆方就有了直接證據，但此情此景，他又怎能袖手旁觀？

在雞窩頭要上前抓貓的時候，穆方打了個招呼。

「幾位，加我一個怎麼樣？」

四人一驚，猛回過頭。

「你想幹嘛？」厚底鞋女人瞪眼罵道。

「當然是來玩的。」穆方皮笑肉不笑：「你們玩得這麼開心，我看了也挺心癢的。」

「你好像誤會了，我們只是路過這裡。」黃毛比較謹慎，向其他人使了個眼色。

其餘幾人會意，就連那個最囂張的雞窩頭都沒說什麼。

別看他們在網咖時那麼猖狂，但那是以為穆方戴著耳機聽不見，如果真的被人肉出來，他們也知道那不是鬧著玩的。

穆方站在巷子口，四個人想離開肯定要從他旁邊經過，可能是不想輸了氣勢，他們一邊走過來，一邊挑釁地瞪著穆方。

第一個走過來的是雞窩頭，鬥雞似地把眼睛瞪得又圓又大，擺明有意挑釁，肩膀橫著就撞了過來。

穆方本來站在那不說話，忽然動了，毫不猶豫地抬起右腿，就是一記歹毒至極的踢蛋蛋。

「唔！」雞窩頭身子一弓，撲通一聲跪倒在地，五官扭曲在一起。

「混蛋，你做什麼？」跟在後面的眼鏡男大怒，伸手指著穆方。

穆方順勢抓住眼鏡男的手指，向上一扳。

「啊啊喔喔！」眼鏡男怪叫著蹲了下去，眼淚鼻涕一起往外流：「痛啊，痛！放手，放手……」

「媽的，王八蛋你想找碴嗎？」厚底鞋女人罵了起來，黃毛也從後腰掏出一把匕首。

「我只是跟你們一樣，想找點樂子。」穆方手上力道加了幾分，眼鏡男又是一陣哭嚎。

穆方沒打算跟這些人渣談道德，那純粹是浪費時間。

「我想起來了。」黃毛盯著穆方看了一會，大叫道：「你是在網咖的那傢伙，你聽到了我們說的話。」

厚底鞋女人一驚，眼神閃爍不定，咬牙道：「他可能已經把我們的樣子拍下來了。」

「那我就幫他化化妝！」黃毛揮刀撲向穆方。

雖然一下子就被打倒兩個同伴，但多少是因為被偷襲，黃毛並沒有將穆方放在眼裡，一心想著將人撂倒，再搶手機滅證。

黃毛衝到穆方面前，揮刀便刺。

穆方身子向後一仰，右腿高高彈起，正踢到黃毛的手腕上。

黃毛哎呦一聲，匕首脫手而飛。

穆方抓著眼鏡男的手不鬆，身子一擰，又是一記側踢。

伴隨著兩聲慘叫，黃毛被穆方踢飛，眼鏡男的手指也被他扳得脫臼。

烏鴉李文忠指導的特訓堪稱噩夢，但效果顯而易見，現在穆方已經徹底實現了曾經的理想——一個打十個。

穆方一回身，又一腳將抱著手指哀號的眼鏡男踹倒，而後把目光轉向厚底鞋女人。

厚底鞋女人一個激靈，結結巴巴道：「我，我是女人……」

「我會給妳優待的。」穆方上前兩步，揚手就是一巴掌。

厚底鞋女人尖叫一聲，栽倒在地。

穆方走過去，撿起女人掉落的手機，翻看了裡面存的影片和圖片，眼神頓時又冰冷了幾分。

「你們喜歡玩是不是?喜歡找樂子是不是?」穆方掃視躺在地上的四人：「我保證，今天晚上你們會玩得非常開心。」

如果只是單純地痛打一頓，未免太便宜這些垃圾了。既然他們喜歡玩刺激的，就給他們刺激好了，讓他們一輩子都記得、讓他們每天晚上都能回想起今夜的刺激……

穆方把厚底鞋女人綁在電線桿上，抓著黃毛等人的腿，把他們拖進了巷子深處的黑暗之中。

04

雯雯和咪咪

厚底鞋女人不知道穆方在黑暗中做了什麼，但她能聽到一聲聲慘絕人寰的慘叫，充斥著驚恐、絕望。那些聲音她很熟悉，都是她的「玩伴」。

她不知道同伴遇到了什麼事，但絕不想發生在自己身上。這種未知的恐懼，反而讓她更加驚慌。

當看著黃毛掙扎著爬出，又被一隻慘白的手拖入黑暗中後，女子更是慌得差點把舌頭咬下來。她心中不停替自己打氣，堅持一會兒、再堅持一會兒就好，那個惡魔馬上就要走了……

厚底鞋女人現在是快要瘋了，可裡面那三個，是真的瀕臨崩潰。

將人拖進裡面後，穆方既沒打也沒罵，只是灌了點靈釀給他們，眼睛上也擦了點。然後再把他們衣服扒了，洗了個「靈釀浴」。

這瓶靈釀是穆方做任務時得到的，味道和口感都跟老薛給的沒得比，用起來絲毫不心疼。穆方不喜歡，不代表靈不喜歡，尤其是那些無意識的遊魂。

任誰被一群兩眼呆滯、臉色蒼白，腳步虛浮的傢伙抱住，精神狀態都不會太好。如果那些傢伙再不停用舌頭舔你的身體，地球上應該沒幾個人的精神能承受得住。

穆方把厚底鞋女人綁在外面，沒有一起伺候，並不是憐香惜玉，而是要讓她品嘗雙重的恐懼。

四人之中，厚底鞋是唯一的女人，但在影片之中，她也是最狠毒的一個。而且這一群人，似乎隱隱以這個女人為首。

待到裡面那三個傢伙被遊魂舔得魂不附體，徹底失去掙扎能力，穆方才拎著剩下的半瓶靈釀走了出來。

「大、大哥……」看著穆方漠然的面孔，厚底鞋女人勉強擠出一張笑臉：「您、您玩夠了……就就放、放過……」

「快玩夠了，但還差一點。」穆方走到厚底鞋女人面前，將她的外套扯爛。

雖然是冬天，但厚底鞋女人穿得很暴露，下半身只穿了靴子和超短皮裙，上衣外套一扯，裡面衣服也很單薄，露出乳溝。

厚底鞋女人早就凍得哆哆嗦嗦，現在外套一扯，更是打了兩個冷顫，不過她反而高興起來，說話也不結巴了。

「大哥，您想玩我們就找間旅館吧，外面太冷了。」厚底鞋女人用力拋著媚眼：

「我保證把您伺候得非常舒服。」

穆方厭惡地瞥了女人一眼，皮笑肉不笑道：「妳不用伺候我，把他們伺候好就行了。」

「沒問題，沒問題，伺候誰都行，只要您放過我……啊！」厚底鞋女人話音未落，就被穆方用靈釀潑到了臉上。

厚底鞋女人的眼睛被靈釀刺激，辣得哇哇大叫，嘴裡也流入不少，嗆得一陣咳嗽，等好不容易睜開眼，才發現穆方不見了。

四下看了看，厚底鞋女人鬆了口氣，心中暗自大罵。

這死變態，竟然喜歡玩這種遊戲？不過還好，老娘還省事了呢。

這時，厚底鞋女人依稀察覺前方有些響動，抬頭朝巷子深處看了看。裡面的叫聲已經平息，只有陣陣戰慄似的呻吟聲，幾個人影模模糊糊地從黑暗中出現。

「幾個蠢貨，還不快點來救我！」厚底鞋女人大罵：「一群大男人，就算是挨了拳頭，竟然叫成那個德行，真是丟……」

厚底鞋女人的罵聲戛然而止，取而代之的是極度的恐懼。

十多個人影從黑暗中出現，各個臉色慘白，兩眼放光地向她靠近。

「你、你們……」厚底鞋女人艱難地咽了口口水。難道剛才那個變態，就是讓我伺候他們嗎？人也太多了，而且樣子好奇怪，就連走路都像是用飄的……

等等，用飄的?!

厚底鞋女人往他們腳下一看，眼珠子差點沒掉出來。

那些人雖然在走，但他們的腳幾乎都不沾地。難道他們是……

「別、別過來，別過來！」厚底鞋女人大駭，用力掙扎，驚恐莫名。

遊魂們靠近，手扒住厚底鞋女人的身體，又把舌頭湊上去的時候，一直強硬無比的厚底鞋女人，終於徹底崩潰了。

「救命啊，救命啊！放手，放手……把舌頭拿開……啊啊！我是虐貓女，我是人渣，來人肉我啊，警察快來抓我啊！」

之前三個男人的叫聲，就已經驚動了不少人，但因為是男人，叫得又那麼古怪，很多人以為是年輕人在發酒瘋，然而厚底鞋女人高分貝的慘叫，讓他們真正意識到有事發生了。

黑夜中的淒厲尖叫，驚動了附近居民。一開始人們只是撥打報警電話，聚集在小巷外面，但隨著虐貓女什麼的字眼出來，幾個膽大的年輕人小心翼翼地進了巷子，並撿到了存著影片和照片的手機……

「我操，原來是這幾個人渣！」

「打死這些王八蛋！」

「發生什麼事了？」

越來越多人湧進巷子。

提前離開的穆方，遠遠望了一眼人頭攢動的小巷，聽著雜亂的喝罵、警察維持秩序的嘶吼，知道這裡沒有自己的事了。

但經過這件事的提醒，穆方想到了其他的東西。雖然，他很不願意往那方面想。

「山哥，幫我個忙。」穆方撥通了賀青山的電話：「你能弄到那個連環殺人案的資料嗎？越詳細越好……對、對……那太好了，我這就回去……」

穆方打完電話，攔了一輛計程車鑽了進去。

計程車剛剛遠去，一個小巧的白色身影便出現在路邊。

是蕭雯雯。

望了一眼穆方離開的方向，蕭雯雯轉向那個人聲鼎沸的小巷。

「咪咪，你能聽到嗎？」蕭雯雯露出頑皮的笑：「你不覺得，像大叔那樣懲罰壞人也很好嗎？」

過了一會，蕭雯雯臉色黯然地自語道：「我就知道你不會答應，哎……」

蕭雯雯嘆了口氣，剛要轉身離開，突然去路被一個人攔住了。

「惡靈，這次看妳往哪裡跑！」

白衣如雪，美目如刀，陳清雅！

她戴著防風鏡，手中握著一把大炮筒似的網槍。

「又是妳。」蕭雯雯的小眉毛蹙了下，一轉身……

「惡靈，還不束手就擒！」陳天明背著手立在那。

「你們真的好煩啊。」蕭雯雯一臉不高興。

陳天明望著亂哄哄的巷子道：「還好我們這次到得及時，否則又將有人遭到妳的毒手。小惡靈，這次我絕不會再讓妳逃掉。」

「哎，真是煩。你們說的我聽不懂，我說的你們也聽不懂……」蕭雯雯飛身向旁邊牆頭躍去。

「還想跑？清雅！」隨著陳天明的一聲厲喝，陳清雅網槍一抬。

砰的一聲，射出一張碩大的絲網，將蕭雯雯從半空中罩了下來。

絲網發著淡淡的白光，蕭雯雯每掙扎一次，絲網就收緊幾分。若是一般人在場，只會看到一張普通的網堆在那裡。

「放開我，快放開我！」蕭雯雯顯得很痛苦：「你們再不放開我，咪咪會來的，會傷到你們的……」

「還敢反抗！」陳天明手掐劍訣，撚出一張黃紙：「著！」

一道金光射來，蕭雯雯痛哼了一聲，胸口爆出一團煙霧。

「清雅，用劍符轟她，耗其靈力！」隨著陳天明的指示，陳清雅也撚出黃紙。

「住手，快住手，咪咪要來了……」蕭雯雯抱著頭蹲在地上，一道道金光在其身體四周不斷爆開。

陳天明和陳清雅聽不懂她的話，但就算聽得懂，恐怕也不會當作一回事。

漸漸地，蕭雯雯不再喊叫，瘦小的身軀徹底被煙霧籠罩。

「爸爸，我們滅掉她了嗎？」陳清雅神情亢奮。

陳天明卻皺著眉：「別大意，她好像還在。」

那惡靈的靈力的確消失了，可存在感仍在，而且……

「喵嗚！」

伴隨著一聲淒厲的貓叫，一股巨大的怨氣沖天而起。在強勁氣流的衝擊下，陳家父女幾乎站不穩腳跟，煙霧也漸漸消散。

正在坐在計程車裡的穆方，突然感覺寒毛倒豎，猛然回身。

感受著右眼傳來的異樣炙熱，穆方果斷對司機道：「麻煩靠邊停車，我要下車！」

一下車，他立刻回頭狂奔。

雖然不知道發生了什麼，但直覺告訴他必須馬上回去。怨氣爆發的地方，正在他收拾那幾個人渣的附近。

穆方邊跑邊開了靈目，就看到一道白影從遠處的房脊上越過。

幼小的身軀，貓一樣的動作。

是蕭雯雯！

穆方想都沒想就追了過去。

若是平時，穆方根本不可能追上。可現在蕭雯雯的身形搖搖晃晃，好像受了傷，奔跑了一段，便從房屋上掉了下去。

穆方一路狂奔過去，翻過一座院牆，蕭雯雯正躺在那個院落當中。

「雯雯！」穆方連忙跑過去扶起她。

蕭雯雯身體四周都有被灼燒的痕跡，靈力忽強忽弱，就好像垂死者微弱的呼吸。

「郵差大叔？」蕭雯雯抬頭見是穆方，先是一喜，而後又是一陣驚慌：「快離開這裡，很危險。」

「是誰打傷妳？」穆方咬牙切齒道：「敢動我客戶，都他媽欠舔啊！」

「不是，是你有危險。我現在很危險，我好不容易才讓咪咪睡著……」蕭雯雯語無倫次，但似乎很著急，眼中更是異芒閃動連連。

一下是蕭雯雯靈動的大眼睛，一下卻變成兩隻明亮的獸瞳，就好像……

貓。

穆方沒時間多想，連忙解下背包，從裡面掏出那個裝著大黑棗的袋子。

靈體不需五穀雜糧，卻也有口腹之欲，尤其是一些可食用的靈物，對靈的吸引力更是強大。而品質上佳的靈物，對靈體有莫大的益處。

穆方掏出一顆大黑棗放到蕭雯雯嘴邊：「把這個吃下去。可能有點硬，咬慢點。」

他自己曾試著咬過黑棗，差點沒把牙咬斷，特地提醒了一句。

大黑棗是穆方之前某次送信任務得來的，雖然在穆方眼裡是賣不了錢的東西，老薛卻說是品質上佳的靈果。

他不知道大黑棗到底管不管用，現在也沒別的辦法，只能試一試。蕭雯雯似乎對穆方非常信任，看都不看就把大棗含進嘴裡。

一陣淡淡光華撒開，大黑棗從蕭雯雯口中散盡。

蕭雯雯閉目感受片刻，睜眼道：「謝謝大叔，好像很管用。」

「噢，管用就好，再吃點。」穆方又餵了蕭雯雯一顆，心中也有些奇怪。

我吃的時候黑棗硬得跟石頭一樣，蕭雯雯吃就直接化開了，難道這玩意是專門給靈體用的？

兩顆黑棗下肚，蕭雯雯的氣色好了很多，身上的傷痕也緩緩地自行恢復。

「大叔，對不起。」蕭雯雯低頭抓著裙襬，小聲道：「你送信給我，又這麼幫我，我卻老是躲著你，上次還對你那麼凶……」

「妳知道我找妳？」穆方問。

蕭雯雯的頭更低了：「你在公園餵貓的時候，我其實一直在附近。還有你教訓那四個壞人的時候，我也看到了……」

「妳平常也能看到我？」穆方更驚訝了，她難道不是只能看到貓嗎？

「不僅大叔你，其他人我也看得到。」蕭雯雯道：「這個城市的一切，所有人。」

在不藉助外力的情況下，靈體與人類接觸的兩個必要條件缺一不可。

不開靈目的穆方和尋常通靈師沒什麼區別，就算有再強的靈力，靈體也無法看到。除非像陳家父女那樣，一心滅殺惡靈，並對惡靈產生足夠的威脅，才可產生接觸。

可蕭雯雯，似乎打破了常規。

「妳怎麼做到的？」穆方實在難以置信。

「我也不知道……」蕭雯雯咬了咬嘴唇，下定決心對穆方道：「大叔，你把那封信給我吧。但你給我信之後，必須馬上離開這裡，跑得越遠越好，我不希望你受傷。」

穆方沒有取出信件，靜靜地看著蕭雯雯，問道：「是因為咪咪的關係嗎？」

蕭雯雯輕輕點了點頭。

「咪咪到底是誰？」穆方又問。

蕭雯雯猶豫了一會，小聲道：「是一隻貓，我們一起變成了靈。上次我之所以不收你的信，是因為咪咪很不喜歡爺爺，如果被牠察覺到，牠會非常生氣。咪咪在我面前的時候很乖，一直保護我，但是對其他人……」

穆方沉默良久，緩緩問道：「雯雯，能說說妳和咪咪是怎麼死的嗎？在你們死的時候，究竟發生了什麼事？尤其是，妳當時有沒有見到一個長相妖異的男人，以及一塊像這樣的玉片？」

看到穆方從衣服下拿出的玉片，蕭雯雯身子抖了抖，用力搖頭：「時間太久，我忘記了。」

穆方眉毛輕輕挑了下，深深看了蕭雯雯一眼。

「那好吧。」穆方站起身，淡淡道：「如果妳忘記了，咪咪應該記得吧。雯雯，讓咪咪出來。」

「不，不……」蕭雯雯慌張地揮著小手拒絕：「咪咪不會說話，只會打人，牠會傷到你……」

「讓我見牠。」穆方堅持。

「不！」蕭雯雯向後躲了幾步。

穆方沉默片刻，突然問道：「妳剛才說，咪咪一直在保護妳，對嗎？」

蕭雯雯連忙道：「沒錯，如果牠感到我有危險，會發狂的。」

「雯雯，對不起了。」穆方右手五指微勾，掌心靈力環繞：「我今天必須見到咪咪。」

感受到穆方手中聚集起來的力量，蕭雯雯的眼睛再度閃爍起來。

「大叔，你在做什麼，快停下來！」蕭雯雯用力按住自己的太陽穴，表情痛苦地喃喃掙扎道：「不要，咪咪，不要，他是好人……」

穆方眼中閃過一抹不忍，但還是咬著牙抬起了右手。

普通的危險，應該逼不出那個傢伙。

幕後的黑手，讓我看看吧。

右掌掌心向前，左手握住右手手腕。

「滅道之一……」

穆方掌心的光華更甚，就好像一個正待發射的炮筒。

「不要，不要……」蕭雯雯越發痛苦，抱頭蹲了下去。

「沖！」

一道杯口粗細的白芒從穆方掌心乍現，雷射光束似地射到蕭雯雯面前的空地上。轟的一聲，碎石飛濺，地面被轟出一個一公尺見方的坑洞。

滅道，地府殺伐之術。攻命之本源，滅諸生之念。

滅道共九十九道，雖然穆方施展的只是第一道，但威力也不是尋常惡靈所能抵擋。

穆方瞄準的是前面空地，但蕭雯雯還是異常敏捷地跳開，就像貓一樣靈活。

落地之後，她兩掌撐地，指甲變長，後背高高弓起，一對大眼完全變成明黃色，狹長瞳孔裡透射著冷冽寒光。一齜牙，竟然露出四顆明晃晃的犬齒。

蕭雯雯：十八年惡靈，女，中毒，卒年八歲。殺生四十七。

殺生四十七?!

穆方一驚，不由得倒吸了一口冷氣。

人有人間法規約束，靈有靈界地府管控。地府諸神作為秩序守護者，須以身作則，不能隨意穿越三界，所以靈若滯留世間，相當於變相降低了地府的約束力。但是這種降低，不代表完全脫離。

若是有靈體碰觸禁忌，天道便會示警，允許地府諸神穿越三界，緝拿犯戒之靈。

靈體殺人，便是其中之一。

七七四十九，為天地之衍數。而四十九這個數字，便是天道設定的示警之數。若靈體傷人數達到這個警戒線，地府便會派出實力強大的鐵捕緝拿。

蕭雯雯現在的殺生數是四十七，如果再殺二人，就會引來恐怖的鐵捕，打入地獄受刑罰之苦。

看來這隻貓，多半跟篡命圖主人有關係！

「你就是咪咪……」穆方看著蕭雯雯，臉色陰晴不定。

「喵嗚……」嘴一張，蕭雯雯發出一聲貓叫。

蕭雯雯齜牙咧嘴，一副想撲上來的架勢，但一瞄到地上的坑洞，就觸電似地把手縮了回去。

「我知道你能聽懂我的話。」穆方看著蕭雯雯，沉聲道：「作為天道守護者，雖然其實我不怎麼在意天道，但九靈篡命圖這般歹毒之物，我斷不會視而不見。你若聽明的話，就放開對雯雯的控制，說不定，我還有辦法救你。」

穆方不能確定咪咪是否和篡命圖有關，出言試探。但對方只是威脅似地低吼一聲，不知道有沒有聽懂。

穆方眉頭皺了下，再度將右手揚起。

這樣下去不行，不管是否和篡命圖有關，今天都得把牠留下。

穆方手中白芒爆閃，一道光束射出。

滅道之一，沖！

轟轟轟——

穆方連續出手，蕭雯雯速度雖快，但依然被打得手忙腳亂，腳底一滑，被一道光束的衝擊餘波擊中，淒厲地叫了一聲，翻滾著摔了出去。

「雯雯！」穆方一驚，連忙快步跟上。

看著艱難起身的蕭雯雯，穆方一狠心，從背包裡掏出一捆橡皮筋。

這不是普通的橡皮筋，而是任務得來的捆靈索，對於靈體來說，就是最好用的手銬。就算是拿來綑綁通靈師，也可禁錮其靈力。

穆方抓住蕭雯雯手臂，將四條橡皮筋套到了她的手腕上。

一條捆靈索可以困住通靈境初期，三條便可禁錮住後期。惡靈多是通靈境後期，穆方用上四條是為了以防萬一。

四條橡皮筋發出幽幽的綠光，蕭雯雯蜷縮在地上嗚嗚呻吟。

「雯雯，對不起。」穆方咬著嘴唇輕輕道：「為了妳的安全，我現在只有這個辦法，如果咪咪再傷人……」

穆方話音未落，蕭雯雯眼中突然紅芒乍現。

砰砰幾聲，捆靈索盡數崩開脫落，蕭雯雯瞬間從地面彈射而起。

「不好！」穆方手掌一揚，又是一道光束，轟的一聲，將旁邊的房屋屋簷轟掉一塊。

蕭雯雯敏捷閃過攻擊，幾個縱身，消失在屋脊盡頭。

05

妖靈

穆方追尋蕭雯雯未果，只得搭車回龍騰社區。剛下車，恰好看到賀青山的車同時回來了。

「穆方。」賀青山停車搖下車窗：「你要的資料我拿到了。」

賀青山的一個警校同學在安洪市刑偵支隊任職，雖然兩人後來走了不同的路，但關係一直沒斷，甚至很多時候，對方還需要依賴賀青山提供情報。這次賀青山就是以類似的理由，弄來了一部分連環殺人案的資料。

賀青山拿回來一個檔案夾，將裡面的資料在茶几上擺開，穆方研究，他在一旁輔助解說。

錘子弄了燉豬肉、花生米之類的小菜端過來，又開了三瓶啤酒。

「山哥，小穆，吃點消夜。」錘子遞上兩瓶啤酒。

「吃什麼，沒看我們在忙嗎。」賀青山瞪了錘子一眼。

「沒事，我正好有點餓。」穆方接過啤酒喝了一口，又抓了把花生米。

錘子嘿嘿一笑，在旁邊坐下。

資料裡各種專業報告一大堆，穆方看得眼花撩亂，哪怕有賀青山講解，他也是一頭霧水。但看到幾張死者照片後，穆方的臉色頓時陰沉了下來。

照片較為機密，賀青山只拿到了五張，但在這五張照片上，穆方發現了異常的地方。

所有被害者都是遭割喉而死，傷口血肉模糊，上頭的割痕不止一道，而且那些死者的表情異常驚恐，好像看到了什麼可怕的東西。

穆方咬了咬嘴唇，拿著照片問道：「山哥，這些傷口是什麼東西造成的？」

「我找找……」賀青山翻了翻資料，拿出幾份報告：「噢，有了。死者是被利器切斷氣管，凶器可能為鐵鉤、尖錐等物體。」

「那這個呢？」穆方拿起一張照片：「喉嚨那裡血肉模糊的，好像連肉都少了一塊。」

「這個報告上有寫。」賀青山翻動手上的紙張，解釋道：「是被凶手用利器扯掉了，肉塊就掉在屍體附近。」

錘子坐著旁聽，邊吃邊喝，起初感覺挺不賴的，但隨著討論逐漸深入，他開始有些不適應了。

才拿起豬腳正要啃，穆方與賀青山就討論肉塊什麼的，他哪裡還會有胃口啊。

穆方扭頭看了一眼，不好意思道：「錘哥，影響你食欲了吧。」

錘子臉一紅，違心道：「哪有啊，我錘子砍人都砍多了，誰在乎這個。」

說完之後，還刻意咬了手裡的豬腳一口，證明自己說的是實話。

穆方回頭試探性地對賀青山道：「我看這喉嚨的傷口不像是扯的，比較像人咬的，報告上沒說嗎？」

「不可能。如果是人咬的，傷口會比這還要大，而且人的牙齒沒那麼鋒利。」賀青山搖了搖頭，順勢指向錘子：「不信你看，錘子咬下的肉，比照片上的大多了。」

「嘔！」打腫臉充胖子的錘子終於裝不下去了，捂著嘴衝進廁所。

「靠，沒用的傢伙。」賀青山鄙夷道。

穆方沒什麼反應，只盯著手上的照片發呆。

「山哥，這件案子共有多少被害者？」

賀青山又翻了翻資料：「能確定的有四十七個，但有些失蹤者可能也和這個案子有關，目前沒有準確的資料。」

四十七……

賀青山的回答，再一次讓穆方沉默了。

果然是雯雯……不，應該說是咪咪做的。

不過由此可知，就算真的有幕後黑手想要利用雯雯殺人，也不可能違背靈體和人類接觸的法則，所以雯雯只對那些虐貓的人下手，而無法傷害普通人。

過了好一會兒，穆方抬頭道：「山哥，我還需要你幫個忙。」

「說！」賀青山很痛快。

「我還需要更詳細的資料，比較有針對性的。」見賀青山有些茫然，穆方補充：「主要有三項重點。一是那些凶案的案發地點，再來就是請幫我調查那些被害者有沒有虐貓的行為；第三個比較麻煩，我需要知道那些被害者之間是否有共通點，可以從十八年前的資料開始著手。」

「第一個好辦，可後兩個……」賀青山皺眉想了想，無奈道：「我只能試試，可不敢保證。警方查案，好像也沒專門查什麼貓不貓的事……」

雖然穆方之前表現得也不太正常，但最近幾天相處下來，賀青山越發覺得他真是怪胎。

先是批發貓飼料去餵貓，後來對凶案產生興趣，現在又查一堆亂七八糟的東西。

正說話間，錘子扶著牆從廁所走了出來。

見兩人都望了過來，錘子有些尷尬，轉移話題道：「你們在聊貓嗎？以前聽我媽說，這個社區早期流浪貓很多，成天喵喵叫，後來有些居民受不了……」

賀青山打斷錘子道：「行了行了，別顧左右而言他了，你跑廁所嘔吐的事我不會告訴別人的。」

「我是說真的。」錘子被戳破心事，臉又紅了。

「你剛吃的豬肉消化完了？還要不要？」賀青山舉起屍體照片，錘子一捂嘴，又衝回了廁所。

賀青山拿錘子尋開心，在那哈哈大笑。穆方表面也笑了笑，但心裡卻早已揪成一團。

遇到這類困擾，穆方唯一能想到的幫手就是師父老薛，可是李文忠上次說老薛去靈界了，也不知道現在回來了沒。

抱著試一試的想法，穆方走到外面，打通了老薛的電話。

「蠢貨，遇到麻煩了吧？事先聲明，我可不會幫你。」電話接通，是李文忠的聲音。

穆方愣了幾秒鐘，難以置信地回道：「你怎麼接電話的啊？用翅膀還是用爪子？老鳥還能接電話，太神了。」

「穆方——！」李文忠的怒吼差點把穆方的耳朵震聾：「忘了我上次怎麼警告你的了嗎？信不信我現在就飛過去掐死你！」

「忠哥別生氣嘛，只是開個玩笑……嘿嘿，我的確遇到了難題……」穆方賠笑了兩聲，隨即正色道：「師父要我查的九靈篡命圖，我應該有點眉目了……」

穆方把蕭雯雯和咪咪的事情簡要說了一遍，然後滿懷期待地等著下文，可李文忠聽完之後，卻陷入了沉默當中。

「忠哥，您倒是說話啊？該不是信號出問題了吧……」穆方等了一會發現還是沒回音，敲了敲話筒。

「這次任務你不能再繼續了。」李文忠的聲音異常低沉。

穆方一愣：「為什麼？」

「之前我說此次任務會有風險，但沒想到問題這麼嚴重。」李文忠沉聲道：「你不是說靈目看不到蕭雯雯的靈力境界嗎？而且她還能掙開四道捆靈索……那是因為蕭雯雯——或者說那個咪咪的靈力境界不是通靈境，而是聚靈境！」

「聚靈境?!」穆方大驚。

別看通靈境分了幾個小境界，但和聚靈境的大境界之分截然不同。如果說通靈境入門和通靈境後期相比，是小學生和高中生的分別，通靈境和聚靈境就是嬰孩和成人的差距。

「除非你二段開眼，強行把靈力提升至通靈境後期，否則無法確認聚靈境的靈力強度。」李文忠繼續道：「而且根據你所說的情況，大人的推算或許出了錯。咪咪和蕭雯雯，與九靈篡命圖有關聯的可能性極低。」

「為什麼？」穆方覺得很奇怪，李文忠先前從未否定過老薛的話，尤其還用這麼肯定的語氣。

「只有人類的靈，才能為九靈篡命圖所用。」李文忠道：「而咪咪是妖靈，怨氣凝聚的妖靈。」

李文忠告訴穆方，因為動物靈智較低，即便有怨念，死後多半仍會順利進入輪迴，只有極低的機率成為靈體留在世間。

這種靈，就是妖靈。

心懷怨念之人固然百分百成靈，強弱卻全憑機緣，然而妖靈一旦出世，便不會是弱者。

但凡妖靈，必是聚靈境起步。

妖靈是純粹的怨氣凝聚而成，沒有「真靈實體」，必須依託人類的靈才能生存。古代種種妖怪的傳聞，很多都是源自占據人類靈體的妖靈。

妖靈形成極為困難，且被九靈篡命圖排斥，篡命圖主人就算有能力，也不會白耗心神養成妖靈。

聽李文忠說完，穆方沉吟片刻，問道：「如果死的那些人都是咪咪殺的，是不是雯雯就……」

「誰殺的都一樣。」李文忠明白穆方想問什麼，接口道：「一旦成為妖靈，二靈便相當於合二為一，不分彼此，所以咪咪殺人，也會算在蕭雯雯頭上，如果鐵捕緝拿，她將難逃地獄之苦。」

穆方沉默了。

電話另一端的李文忠又勸道：「我現在不太方便離開，沒辦法過去幫你，而以你現在的力量，就算是二段開眼，也絕非那妖靈對手。蕭雯雯曾經拒絕收信，你將信帶回給蕭逸軒可以視為退信，不算任務失敗。趁著妖靈還尚未完全成型，早點回來吧。」

穆方本來情緒極為低落，但聽到李文忠最後一句話，不由得精神一振。

「妖靈未完全成型？什麼意思？是雯雯還有救嗎？」

李文忠遲疑了下，回道：「蕭雯雯的意識未被妖靈侵蝕，嚴格說來是有救的，但非常危險，我不建議你蹚這渾水。」

「我該怎麼做！」穆方很堅決。

「你這臭小子……」李文忠的聲音隱隱有著笑意。

站在理智的角度上，李文忠希望穆方同意他的建議，但如果穆方真的那樣做了，李文忠也會失望。循規蹈矩的穆方，不是他喜歡看到的。

「好，我告訴你。」

妖靈占據人類靈體並非偶然，二者一定有相當緊密的關聯。從妖靈咪咪表露出的特質來看，怨氣來源十有八九是貓。而那隻貓，應該和蕭雯雯死在同一個地方，所以怨氣凝聚之後，才會選擇蕭雯雯作宿體。

首先，穆方需要找到蕭雯雯和貓的屍骸所在，以陣法困住，之後再將貓屍焚化，並同時煉化蕭雯雯身上的怨氣。

怨氣煉盡，妖靈失去力量之源；屍骸焚盡，妖靈失去立身之本。屆時只需要以簡單的鎮靈之法，便可以將附於蕭雯雯身上的妖靈徹底鎮壓。

但煉化時一定要注意，不能讓蕭雯雯的身體受傷，否則妖靈失去牽制，極可能脫離天道掌控。到那時，咪咪不僅能發揮聚靈境的力量，活動範圍也將不再受到限制。

除妖靈，救雯雯，穆方知道這不容易，但聽李文忠說完，才明白自己還是想得太簡單了。

李文忠所說的方法並不複雜，但做起來難度很大。

暫且不論實際操作時可能遇到的困難，光蕭雯雯的屍骸所在就是一個大問題。以蕭雯雯的性子，就算兩人再碰面，恐怕她也不會說出屍骸地點，更別說她身體裡還有個咪咪虎視眈眈。

一想到咪咪，穆方腦子裡突然閃了一下。

蕭雯雯善良純真，但咪咪可是有仇必報。連虐貓的人牠都不放過，有可能放過當初害死牠的人嗎？

如果從這方面入手調查，應該會有收穫吧……

隔日，賀青山拿來了連環殺人案案發地點的相關資料，穆方依照案發時間，從最早的開始，一路查了下去。

被害者中肯定有直接或間接害死蕭雯雯和咪咪的人，只要找到其中一人的靈，不就可以查到他們的屍骸所在了嗎？

可讓穆方困惑的是，從早上到下午，去了那麼多案發地點，竟然一個當事者的靈體都沒有遇到。

雖說被害者的靈體不一定會留在原地，但也不至於一個都沒有。

就在即將把所有現場都跑過一遍的時候，穆方終於見到一個靈體。不過這個靈體並非被害者本人。

這裡是一條廢棄的街道，一個男人正在站那看著天空發呆。

趙平：一年幽魂，男，車禍，卒年三十六歲。

穆方翻閱賀青山給的資料，這個地點發生凶案的時間是半年前。如果是人類殺手，趙平肯定看不見；如果是惡靈所為，那他多半會看到事發經過。

「趙先生，你好。」穆方走過去打了個招呼。

趙平轉過頭，眨了眨眼沒說話。

穆方不廢話，從口袋裡掏出一顆大黑棗，在手上晃了晃：「我有點事想向你打聽，不知道你能不能幫忙？」

看到穆方手中的黑棗，趙平無神的眼睛立刻散發神采。

對於趙平這樣平凡的幽魂，穆方手中的黑棗不亞於珍寶。

「什麼事您儘管說，我知無不言、言無不盡。」趙平湊到穆方身邊，眼睛眨也不眨地盯著那顆大黑棗。

不就是一顆大黑棗嗎，看他口水都快流出來了，真沒出息。

心中暗自鄙夷的穆方，完全忘記他自己看見黃金時是什麼樣了。

「我想先確定一下，您是一年前離世的吧？」穆方問道。

「嗯，車禍。」趙平不好意思地搔了搔腦袋：「那天喝多了，直接睡在馬路上，當時又是天黑，所以……」

穆方理解道：「第一次都缺乏經驗，沒啥大不了的，下次你可以考慮睡馬路邊，就不會出事了。」

「呃，好……」要不是看在大黑棗的面子上，趙平早就翻臉走人。

「這一年以來，你一直都在這裡，沒去別的地方吧？」穆方又問。

趙平嘆道：「想去別的地方也辦不到啊，我不能離開這街道。」

「半年前有個胖子在這裡被殺了，你對這件事有印象嗎？」

時間已經過了半年，也不確定殺人凶手是靈是人，所以穆方沒有問得太直接，可這句話剛出口，趙平的臉色馬上變了。

「沒印象，我什麼都不知道！」趙平用力搖頭，甚至身體隱隱發抖。

穆方眉頭一挑。

就算是妖靈咪咪殺人，可你早就死了啊，死都死了，還有什麼可怕的？

「把你看到的告訴我，這個就是你的了。」穆方將大黑棗往前遞。

趙平還是搖頭。

穆方皺了皺眉，又拿出一顆黑棗。

趙平的眼睛一亮，但還是咬牙別過了頭。

等到穆方拿出第三顆，趙平差點忍不住伸手，卻在碰到黑棗前將手猛地縮了回去。

他戀戀不捨地看了最後一眼，轉身就走。

「等等。」穆方一把抓住趙平，軟的不行就得來硬的了。

趙平用力掙扎，但開了靈目的穆方擁有通靈境中期的實力，他根本掙脫不開。

「我這個人，最討厭的就是暴力。」穆方誠懇地看著趙平：「拳頭和黑棗，你自己選一樣吧。」

最終，在赤裸裸的威逼利誘下，穆方得到了答案。

之所以找不到那些被害者的靈，不是因為他們入了輪迴，而是都被咪咪吞噬了。

雖然靈的世界也是強者為王，但絕非單純動物性的弱肉強食。

靈體可以擊殺同類，卻不能彼此吞噬，這是天道規則所限，與靈力境界高低無關，若有違反，勢必在天威之下魂飛魄散。

咪咪能吞噬其他靈體，表示牠不是尋常的妖靈。

貓有九命，其怨氣所化的妖靈本就與眾不同，而若是凝聚成靈的怨氣，並不僅僅來自於一隻貓，再滿足某些條件的話，那所化的妖靈就將成為類似「妖」的存在！

雖然還是以妖靈稱之，但已經與傳統意義的妖靈不同。

這種妖靈，會擁有肉身實體！

可以幻化成烏鴉的李文忠，就是以這種存在形式留在世間。

穆方不清楚其中特殊之處，對他來說，咪咪連人都殺了，吞噬幾十個靈也不算稀奇，渾然未覺這潛在的危機。

而這危機的臨近，卻出乎意料地快。

穆方還在調查的時候，城市的某個角落，突然爆發一股摻雜著怨氣的恐怖靈力，就算是遠在城市邊緣的通靈者都能察覺到。

穆方沒有任何猶豫，直接向靈力爆發的地方狂奔而去。

那個靈力，是咪咪的。

「惡靈，我就不信這次妳還能跑掉！」

「清雅小心，守住陣眼。」

在一處廢棄工地的空地上，陳清雅盤膝而坐，身側呈品字形擺放著三盞燭火。在相距六、七公尺的地方，陳天明輾轉騰挪，口中念念有詞，手裡揮舞著一把紙扇，圍著陳清雅轉圈。

若是被旁人看到，多半以為這對父女是神經病，只有通靈者才知道，陳家父女正在布陣除靈。

陳天明、陳清雅與蕭雯雯周旋了半個月有餘，上回是第一次傷到蕭雯雯。陳天明除靈經驗豐富，深知惡靈多是性情狂躁、睚眥必報之輩，所以提前擇處布好陣法，刻意放出自身氣息，引誘蕭雯雯前來。

蕭雯雯善良純真，成為惡靈非其本願，不會因此記恨，但怨氣所化的咪咪則不然，對陳家父女恨到了極點。陳天明誤打誤撞，果然將蕭雯雯和咪咪給引來了。

而咪咪在戰鬥中爆發出的獨特靈力，驚動了穆方，待他氣喘吁吁地趕到目的地，雙方已經激鬥良久。

陳家父女還活著，讓穆方著實鬆了一口氣，但看到他們所布的陣法，當即暗暗吃了一驚。

靈目所見，陣法之中烈焰熊熊，狂風呼嘯。

以陳清雅為中心，三盞燭臺組成一個火環，三個籃球大小的火球懸在虛空，而伴隨著陳天明走動的步伐軌跡，一條肉眼可見的風帶組成了一個更大的圓環。

兩環之間，火焰和狂風交錯，構成了玄妙的元素圖騰柱。被咪咪占據身體的蕭雯雯，在圖騰柱之間跳躍衝撞，不停哀嚎嘶吼。

風火殺靈陣！大凶之陣。

老薛教過這個陣法，所以穆方認得。

此陣以風火為本源，配合無上妙法，構成殺陣。若是成陣，元素之力不盡，陣法不停。陣法威力強大，然而所困之靈若是脫困，布陣之人必受反噬，輕則傷，重殞命，故此有凶陣之說。

「這對父女還真敢，連這種凶陣都布得出來。」穆方只感覺一陣頭疼。不能說這父女極端，畢竟四十七條人命就擺在那兒，可那是咪咪殺的，蕭雯雯純屬受到牽連。

不過現在不是他鬱悶的時候，陳家父女已經快撐不住了。陳清雅身邊的燭臺即將燃燒殆盡，只要燭火一滅，兩大元素少其一，風火殺靈陣便不攻自破。

到時候別說殺靈，光陣法反噬就夠陳家父女受的了。

何況咪咪根本還沒發揮出聚靈境的實力，一旦陣法被破，兩人必然小命不保。

現在兩全其美的辦法，就是利用外力破陣，在蠟燭燃盡之前熄掉燭火。燭臺保存，火元素未盡，陳家父女受到的反噬便能降到最低。

穆方四處張望，看到旁邊停著一輛挖土機，眼珠轉了轉，頓時有了主意。

他鑽進挖土機，在駕駛室裡東翻西找，從座椅下找到鑰匙。

「嘿嘿，果然有。」穆方插入鑰匙，啟動了機器。

照。

這些年穆方在工地打工，也偷學了不少工程車的駕駛技巧，只是沒有特地去考執照。

穆方閉了靈目，操作機器，用挖斗從旁邊的土堆挖起沙土，搖晃著轉向一旁的風火殺靈陣。

陳家父女正滿頭大汗地對付咪咪，根本無暇顧及他處，直到大挖斗都到頭頂上了，才察覺不對。

什麼東西？

二人剛剛抬頭，還沒明白怎麼回事，一大堆沙子就劈頭蓋臉地倒了下來。

陳天明還好，一直在周圍跳大神，只是被沙子掀起的塵土嗆到。處在陣中心的陳清雅就比較倒楣了，一挖斗的沙土倒下來，人和燭臺都非常乾脆地被壓在了下面。

燭臺一滅，陣法瞬間失效。

若是穆方開著靈目衝過去滅火破陣，能不能成功不知道，但吐血是肯定的。像現在這樣簡單粗暴的方法，不僅將危險降至最低，還能百分百滅火。

這正是通靈者們的弱點。

通靈者能與強大的惡靈爭鋒，辛辛苦苦布下的機關陣法，雖然靈體沒辦法逃脫，凡人卻可以輕易破壞。

陳清雅大半個身子都埋在沙子下面，陳天明則被嗆得連連咳嗽，但因為戴著防風鏡，他的視線尚未受阻。

陣法剛破，咪咪也受到了些微影響，站在原地發愣。

陳天明強行壓下胸腹翻騰的氣血，兩手翻動，紙扇在空氣中劃出一道寬大的風刃。他的紙扇是靈器，雖然品質一般，但其中封著從颶風中心採集的天地靈力，故此能作為陣眼之一，布下風火殺靈陣。

陳天明趁著咪咪尚無防備，把紙扇中封存的靈力一古腦釋出，做最後一搏。

風刃成型，陳天明正待出手，就聽到身後傳來一聲大吼。

「前輩小心！」

穆方一個飛撲，把陳天明撞了出去。

一道巨大的青色風刃飛上高空，陳天明一頭栽進旁邊的大沙堆裡。

咪咪身體一震，明黃的貓眼中閃過一抹困惑，牠看了看穆方，轉身消失在建築材料堆的後頭。

穆方心知追之無用，轉頭跑過去把陳清雅從沙子堆裡挖了出來。

「咳咳……呸呸……咳咳咳……」陳清雅皺著眉頭，不停咳嗽，吐出嘴中的沙子。

「沒事吧？」穆方蹲在旁邊，關心地幫陳清雅拍背。

然而下一秒，一隻大腳踢在了他的屁股上。

「混蛋，你他媽找死嗎！」從大沙堆裡爬出的陳天明灰頭土臉，氣急敗壞地踢開穆方。

「真是好心被雷親，我明明是在救你們。」穆方揉著屁股爬起來，一臉委屈。

陳清雅好不容易舒服點了，聽到他這麼說，差點又氣死過去。

「姓穆的，把我埋進沙裡的不就是你嗎！」陳清雅大怒：「別以為我沒看見！」

「我是為了救你們啊！」穆方理直氣壯地辯駁道：「燭臺就要燃盡了，不及時把火滅掉，想等著被反噬啊？」

話音未落，陳天明和陳清雅就一人溢了一口血。

不想在穆方面前輸了面子，他們咬牙把血咽了回去，不過，嘴角還是多少殘留著血絲。

穆方抓到了證據，連忙道：「你看你看，我沒說錯吧。我已經幫你們把傷害降到最低了都還會吐血，要是我沒出手，我看到時你們的血就是用噴的了！」

「噗！」兩人直接被氣得噴血。

陳清雅大口大口地喘著氣，惡狠狠地瞪著穆方。就算要幫忙滅掉燭臺，也不需要用挖土機倒土吧，你這是想救人還是想埋人？

陳天明心中火大。不僅因為眼前的事，還因為上次那個「黑水穆家」。若不是穆方，他也不會被大哥笑話。

那天和穆方分開後，陳天明馬上就打電話給大哥陳天寶，詢問所謂「黑水穆家」之事。年過六旬的陳天寶沒聽說過什麼「黑水穆家」，見陳天明說得慎重，便認真找了好幾層關係，才把穆方的家底調查清楚。

可結果出來之後，陳天寶莞爾，陳天明更是成了笑柄。

從資料上來看，穆方只是普通高中生，如此也解釋了他什麼都不懂的原因。

雖然不知道穆方的靈力天賦為何覺醒，但基本上他就是個非正統體系出身的土包子，哪裡是什麼隱藏世家。

陳天寶調侃了陳天明幾句，順便叮囑他事情結束後多和穆方接觸，看看能不能將人帶回陳家。

如今通靈者人才凋零，許多家族後繼無人，遇到穆方這種「天才」，絕不能錯過。

不過現在陳天明哪還記得大哥的叮囑，沒掐死穆方都算他冷靜。

「穆方，我承認你救了我們父女，但你故意放走那惡靈又是何意？」陳天明氣勢洶洶：「今天你若不給我個交代，我不會善罷干休！」

「放走惡靈？我有嗎？」穆方睜大了眼睛：「我剛才只想救你們！」

「你倒沙子那件事還勉強說得通，但你為何後來要從後面偷襲我？不但放跑了惡靈，還浪費了我好不容易積攢的風元素靈力！」陳天明氣得顫抖。

在颶風中心收集靈力何其艱難，要不是這惡靈實在難纏，陳天明根本捨不得用。結果被穆方一撞，什麼都沒了。

穆方不曉得那靈力有多珍貴，只知道自己絕不能承認。

「對不起，我不知道您是在準備放大招。剛剛我看風那麼大很危險，只是想幫您臥倒而已。」穆方表情語氣極為誠懇。

「臥倒？我……」陳天明氣急攻心，喉嚨一甜，又湧上一口血，身子立時向旁邊歪倒。

陳清雅大驚，連忙上去攙扶，結果自己一個踉蹌，父女二人全都癱倒在地。

穆方連忙高舉雙手：「不是我，我什麼都沒做啊！」

06

仁義不成買賣在

陳天明狠狠瞪了穆方一眼，顫抖著手從懷裡掏出一個小瓶，小心翼翼地倒出兩個黃豆大小的黑丸。

「清雅。」陳天明將黑丸遞給陳清雅。

「就剩這兩粒了，爸爸你用吧，我沒事。」陳清雅推了回去。

「我身體比妳強壯。聽話，快吃了。」陳天明再推。

「我真的沒事，你吃就好。」

父女二人推來推去，不知道是誰手一滑，兩粒藥丸掉落，正好滾到穆方腳下。

穆方在旁邊看了半天，一直好奇是什麼寶貝，結果一將藥丸撿起來，頓時大驚：「黑棗?!」

那東西遠遠看是藥丸，穆方撿起來後才發現，其實是兩顆黑棗。

穆方看來看去，都覺得它跟大黑棗很像，硬要說有什麼差別，只有體積和蘊含的靈力不同。

「快把靈棗還我！」陳天明大怒。

除靈師常年和惡靈打交道，受傷是家常便飯，但被靈體傷到的話，就算是一道小傷口，尋常醫藥也無法治癒，只有天然形成的靈果，能夠有效恢復傷勢。

靈果稀少難得，陳天明這次出來帶了二十顆，幾乎都在上次受傷後用掉了，只剩下這麼兩個。

「這破玩意還當個寶，真服了你。」穆方隨手把小黑棗丟了回去。

「你懂個屁！」陳天明連忙伸手接住，吹掉上面的沙子：「清雅，妳也別讓了，我們一人一粒。」

「好。」陳清雅小心翼翼接過一粒。

穆方實在是看不下去了，掏出一顆大黑棗丟了過去。

「你做什麼！」陳天明以為穆方拿東西砸自己，然而把東西接到手裡一看後，眼珠子差點沒掉出來。

陳清雅同樣愣住了，眼睛眨也不眨地盯著那黑棗，驚訝道：「這是……」

穆方隨口道：「也是黑棗，但比你們那個好。」

「什麼黑棗，這是上品的靈果啊！」

陳天明拿著那顆大黑棗，眼中難掩興奮之色。

有這種品質的靈果，別說剛才反噬受的傷，說不定連身體的暗傷都能治癒。

可惜，只有一個……

想到這，陳天明不禁臉紅了一下，暗罵自己貪心。

這等靈果，能得到一個已經是造化，怎麼可以奢求更多？

轉頭看向女兒，陳清雅臉也紅了，顯然和他想到了同樣的事。

「這東西太貴重了，我、我不能收……」陳天明想把黑棗還給穆方，可又鬆不開手。

「是啊，不能要……」陳清雅直勾勾地盯著黑棗，眼中盡是不捨。

靈棗實在貴重，穆方此時又是雪中送炭，他們沒辦法不失態。

看著陳家父女的樣子，穆方只覺得好笑，無奈勸道：「都說給你們了，就快點吃吧，不然等一下又吐血了。」

要是之前，陳家父女聽了肯定會生氣，可是現在，他們眼中只有感激。

陳天明知道現在不是死要面子的時候，不好意思地看了穆方一眼，拿出一把小刀，開始在大黑棗上比劃。

陳清雅道：「爸，我的傷不重，給我一小半就行了。」

父女二人又是一番謙讓，穆方再度無語。

「我說，你們……咳……」穆方都不知道說什麼好了，直接拉過陳清雅的手，把一顆大黑棗放了上去。

「你們別在這秀父女情了，算我求你們，我眼淚都快掉下來了。」

穆方是真的想掉眼淚，但不是因為感動，而是可憐。他們怎麼說也是除靈師，怎麼和乞丐似的，一個破棗還要兩人分著吃？他們不覺得丟人，穆方都看不下去。

見穆方又拿出一個，陳天明和陳清雅大眼瞪小眼，全愣住了。

「你還有？」陳天明難以置信地看向穆方。

「有啊。」穆方曲解了陳天明的意思：「要是不夠，我這邊還有。」

「還有？」陳天明徹底傻掉了。

這麼大的靈棗，他這輩子都沒見過，穆方竟然說還有？

「你真的有？」陳天明倏地站了起來。

「那個……有……」穆方下意識地後退了一步，總覺得陳天明看過來的眼神有點太熱切。

「我買！」陳天明緊緊抓著手裡的大棗，嘴唇顫抖道：「你賣嗎？」

上品靈棗可遇不可求，如果現在錯過，陳天明一定會抱憾終生，只是他不敢確定，穆方願不願意把這麼珍貴的東西賣給他？

送兩顆靈棗，這是人情，可若是買賣，那意義就不同了。

「你想買，我就賣唄。」穆方一句話，讓陳天明激動得差點掉眼淚。

穆方不知道陳天明為何這麼激動，反正他對賣棗沒什麼意見。

大黑棗對普通人來說不值錢，賣給陳天明這樣的除靈師，至少應該能換幾個錢來花。他有心想敲竹槓賣個幾萬之類的，但又有點不好意思。沒辦法，誰叫黑棗賣相實在太差了，要是再水潤漂亮點還差不多。

「您是前輩，您出價吧。」穆方決定讓陳天明開價。

陳天明猶豫了一會，小心地問道：「臺幣行嗎？」

問出這話後，不止陳天明自己臉紅，就連陳清雅都不好意思地把頭低了下去。

通靈者主要的交易方式是以物易物，畢竟靈器、靈果等物，根本無法用金錢衡量，只有極少數的情況下，才會使用俗世的貨幣。

假如今天陳天明用金錢問價的事傳出去，一定會被其他通靈者恥笑。

不過沒辦法，他拿不出能匹配上品靈果的東西，再者就是，他多少有點占新手便宜的心思。

穆方不懂通靈師的規矩，心中奇怪：你不給臺幣給什麼？給美金英鎊？那太麻煩了，還得去銀行兌換。

「臺幣就臺幣吧。」穆方問道：「您出多少？」

陳天明想了想，厚著臉皮道：「五百……」

「五百一斤？」穆方撇嘴：「您也太摳了吧。」

嚴格說來，五百塊錢一斤的棗子已經不便宜了，但他那袋黑棗總共不到兩斤，只賣幾百塊錢感覺很沒意義。

根據陳天明父女剛才看到黑棗的反應，怎麼也得賣個冬蟲夏草的價錢。

「什麼五百一斤啊，是五百萬一個，你就別挖苦我了。」陳天明以為穆方是在調侃自己，吞吞吐吐道：「我想買十個，不知道你……穆方？穆方？」

在聽見五百萬這個詞之後，穆方就好像被雷擊中一樣，徹底傻掉了。

五百萬！

五百萬臺幣！

這麼多錢，只買一顆大黑棗？

是我在做夢？還是這個世界瘋了？還是我瘋了？

大黑棗竟然這麼值錢！

一個五百萬，十個五千萬，一百個……

哇操，老子真的要發財了，發大財！

陳天明又搖又晃地喊了好幾聲，穆方總算從呆滯中清醒過來。

「你還賣嗎？」陳天明很擔心。

「賣，當然賣，肯定賣！」穆方心想，一個大黑棗五百萬，不賣就是傻子。不過……

穆方眼珠轉了轉，問道：「你想買十個對吧？」

「是。」陳天明更擔心了。

「嗯，你們先療傷，我看看我還有多少。」穆方跑到旁邊翻自己的背包。

陳天明不知道穆方葫蘆裡賣什麼藥，但主動權在人家手裡，他也沒辦法。他和陳清雅到另一邊，還是切了一個大棗，一人一半。

不是他小氣，而是上品靈棗功效非凡，吃多了沒用。要不是現在傷得太重，陳天明根本捨不得吃。

二人將靈棗含在口中，引導體內靈力將其分解融化，修復自身傷勢。

靈果本來就是要用靈力消化吸收，傻傻用牙齒去咬，這種事也只有穆方才幹得出來。

等父女倆把靈棗吸收得差不多，穆方也回來了。

「你們運氣真好，正好十顆大棗。」穆方笑呵呵地抓出一捧黑棗：「一個五百萬，十個五千萬。」

其實穆方剛才不是去數棗，而是讓自己冷靜去了。

若是將一袋子大棗都賣給陳天明，穆方立刻就是億萬富翁，可冷靜下來之後，他突然意識到一個問題。

陳天明肯花這麼多錢買大黑棗，那其他通靈者呢？不管賣什麼東西都是物以稀為貴，現在賣陳天明五百萬一個，說不定哪天賣給別人就能賣六百萬。

而且除了大黑棗，自己還有一大堆靈器，這些東西在普通人眼裡是破爛，但在通靈者眼裡都是寶貝啊！

這麼簡單的道理，自己先前怎麼沒想到呢？

想起自己還拿出大棗利誘趙平，穆方就覺得胃痛，早知道大黑棗這麼值錢，打死他都不會那麼做啊。

不行，等會就去找那傢伙，把黑棗要回來，給他一個就不錯了……一個太多，給半個好了……

陳天明不知道穆方的無恥想法，見他真的打算賣靈棗，高興都來不及。五千萬買十個上品靈棗，簡直是太划算了。

「我身上沒那麼多現金，告訴我你戶頭號碼，回去後我到銀行轉帳給你。」陳天明興奮地向穆方伸出手。

「後期付款啊？」穆方把黑棗握在手裡，提防道：「你不會賴帳吧？你電話號碼幾號？家裡住哪？身分證字號多少？」

陳天明覺得自己的忍耐力快到了極限，要不是看在那些靈棗的分上，他非罵出聲來不可。

最後，他交代了自己的手機號碼、身分證字號、家裡地址，又寫了字據，穆方才把靈棗交到他手上。

看到這麼多上品靈棗，陳天明興奮不已，心中的不快也瞬間消散。他數了數，卻發現數量有些奇怪。

「不是說十個嗎？這裡只有八個啊。」

「對啊，十個。」穆方理所當然道：「之前不是給你兩個了嗎，加起來一共十個。」

「呃……」陳天明語塞，陳清雅對穆方的好感也再度歸零。

這不是錢的問題，而是人品問題。這小子實在太不要臉了！

不過他們也不好意思批評穆方吝嗇，畢竟用錢買上品靈棗，本來就算他們占便宜了。

穆方壓根沒打算和陳家父女做人情，只想著能不能多賺一些錢。

「你們需要別的嗎？我這還有靈器。」穆方拍了拍自己的背包。

靈棗要先囤積著，可是其他東西還有不少。

陳天明遲疑了下，問道：「你有靈燭嗎？」

靈燭的用處很多，他們之前為了布置風火殺靈陣用掉了不少，要是這個守財奴有的話，倒是能省去很多麻煩。

「靈燭？是這個嗎？」穆方從包裡摸了摸，掏出一把大蠟燭：「要幾根？」

看著那些有女生手腕粗的蠟燭，陳天明和陳清雅再度無語了。

這的確是靈燭沒錯，可是未免太大了吧！

靈燭賣出了一根，但價錢穆方非常不滿意。一個黑棗能賣五百萬，一根那麼大的蠟燭竟然才賣二十萬。

而且這個價碼還是他爭取來的，本來陳天明打算用一疊破符交換！

其他的嗩吶、捆靈索、靈釀之類的，陳天明已有類似的靈器，所以一樣都沒推銷出去。

不過穆方纏著陳天明，不完全是為了推銷靈器，他有另外一件事想和對方商量。

蕭雯雯的事。

陳家父女都是除靈師，總有辦法找到蕭雯雯，而上次蕭雯雯受傷，十有八九是因為和他們交手。一次兩次沒關係，可要是讓他們繼續糾纏下去，說不定哪天就真得出事了。就算陳家父女不惜命，穆方也不希望咪咪引來靈界鐵捕。

穆方話題繞來繞去，一直找不到合適的突破口，最後見陳天明想走了，只好開門見山。

「我知道兩位都是俠義心腸，想著除『靈』安良，但剛才那惡靈的實力你們也見到了，連祭出風火殺靈陣都沒有用。」穆方斟酌了下語句，好言勸道：「既然事不可違，不如就此罷手可好？」

「你的好意我們父女心領了。」陳天明道：「我們千里迢迢來到安洪，就是為了那個惡靈，在正式消滅她之前，我們是不會離開的。」

穆方無奈道：「難道你們看不出來嗎，那不是惡靈，是聚靈境的妖靈，不是那麼好對付的。」

陳天明和陳清雅互看了一眼，突然同時哈哈大笑起來。

穆方被笑得有些發毛，不高興道：「有什麼好笑的，我可是好意提醒你們。」

「你該不會也盯上那惡靈了吧？就算你想讓我們放手，好歹編個像話點的理由啊。」陳清雅咯咯笑著：「還什麼妖靈，聚靈境……」

陳天明大笑道：「我十六歲出道，接觸惡靈幽魂無數，頭一次聽到妖靈這個稱呼。你的想像力……呵呵，當真有趣……」

穆方以為是自己無知，所以不知道妖靈之事，但實際上妖靈萬中無一，成靈機率極低，別說近代，就算往前推一、二百年也未必出現過。在人間活躍的通靈者，十有八九沒聽過妖靈為何物，李文忠是因為身分特殊，才會知道妖靈之事。

被陳家父女嘲笑，穆方的面子有點掛不住了。

「我不是除靈師，也不是通靈師，沒必要跟你們搶惡靈。要不是你們找上我的客戶，我才懶得和你們說這些。」

「什麼客戶？你還有賣東西給別人？」陳天明不理解穆方是什麼意思。

穆方遲疑了幾秒，開口道：「賣東西給你們算是副業，我主業是三界郵差，剛才那個小女孩就是我的送信對象。」

三界郵差的存在不算祕密，既然話說到這，不如說得明白點，或許對方還會賣個面子。穆方想得挺美的，只是他又猜錯了。

三界郵差的存在的確不算是祕密，但這職業畢竟天底下只有一個，不是誰都有機會碰到，知道的人還是相當有限。

陳天明若有所思，陳清雅則又是一聲輕笑：「送信給惡靈？虧你想得出來。」

「送信給誰是我的事，你們除靈我也管不著。」穆方的語氣很認真：「但那個小女孩是我的客戶，我不希望你們再找她麻煩。」

陳清雅收起笑容：「你是說真的？」

「真得不能再真。」穆方已經有了撕破臉的準備。

「她是惡靈！」陳清雅臉色越發不悅。

「惡靈又怎麼了？惡靈也是人變的。」穆方反駁。

「幼稚！」陳清雅冷哼道：「惡靈怨氣纏身，狂躁嗜血，這麼危險的東西根本不該存在，怎能和人相提並論！」

穆方再度辯駁：「惡靈的脾氣是暴躁了點，但那樣就代表一定會傷人嗎？還說什麼狂躁嗜血，完全是無稽之談。要是妳哪天發狂了，也要直接抓去槍斃嗎？」

「你說誰發狂了！」陳清雅怒道。

「當然說妳。」穆方搶白：「惡靈之所以被稱為惡靈，只是生前執念頗深，未必就會為惡。不分青紅皂白，動不動就要滅殺人家的人，才是真正的惡！」

「你、你強詞奪理！」

穆方跟陳清雅辯論鬥嘴，陳天明一直在旁邊看著，沉默不語。

三界郵差乍聽之下沒什麼特殊的，但一說到送信給靈體，陳天明就覺得有哪裡不對勁，好像在什麼地方曾經聽人提起過。

陳天明想了半天也沒想起來，見女兒漸漸處於劣勢，開口道：「我承認你說的有道理。惡靈未必為惡，我父女也並非逢靈必殺，但今天那個跑掉的小女孩，卻是一個為惡的惡靈，非殺不可。」

「你想說安洪市的連環凶案是吧。」穆方沉吟片刻道：「那連環殺人案的確詭異，但沒有直接證據證明是她做的。」

對方連妖靈的事情都不曉得，向他們解釋一體二靈只是多餘，穆方考慮從其他方面說服陳天明，哪怕只是暫時的也好。反正那些案子沒證據，連被殺者的靈都沒有，想確認凶手談何容易？

陳天明看了看穆方，從懷裡掏出一個小巧的青銅羅盤：「這羅盤是我陳家先祖所傳之物，功能頗多，其中一項，便是可以知道惡靈是否為惡。根據羅盤的反應，那惡靈手上少說也有三、四十條人命。這樣的惡靈，不該除嗎？」

穆方看著那羅盤，恨不得把它搶過來砸了。

沉默了一會，穆方狡辯道：「區區一個破盤子，就能決定人家是否為惡？未免太過武斷。」

「看你的樣子，是真的打算保護那惡靈。」陳天明越發不悅，質問道：「那我問你，如果確認她是個殺人無數的惡靈，你還是要保護她嗎？」

「她是我的客戶，就算動武……」穆方沒有任何遲疑，一字一頓道：「我也不會讓你傷她一根寒毛！」

「你！」陳清雅大怒。

陳天明阻止了想要動手的女兒，淡淡道：「今天我們買了你的靈棗，算欠了你人情，所以你的這番態度，我可以不追究。若是你執意保護那惡靈，下次再見面時，就休怪我不講情面。」

言罷，陳天明與陳清雅轉身便走，盡顯高人風度。

「等等！」穆方一聲斷喝，叫住了陳家父女二人。

「幹嘛？你想現在動手？」陳清雅轉過身，柳眉倒豎。

陳天明的臉色同樣不好看。

如果這小子真那麼不識好歹，就算將來被同道批評忘恩負義，今天也得先給他點教訓。

只見穆方將背包往肩上一背，字句鏗鏘道：「仁義不成買賣在，回去千萬別忘了轉帳！」

兩大高人頓時風度全失。

如果可能的話，陳家父女現在只想把吃下去的靈棗摳出來還給穆方。

咬牙咬了半天，陳天明總算從牙縫擠出一句話。

「我馬上就去找銀行！」

07

我在乎妳

陳天明果然守信，穆方與其分開沒多久，手機就收到了銀行的轉帳提示。若是沒有後來那番爭論，看到那一串零，穆方大概會興奮得在大街上裸奔，可是現在他只能苦笑。

穆方心情複雜地回到錘子家，賀青山已經坐在沙發上等著他了，茶几上擺放了一疊資料。

「穆方，你要我查的事我查到了。」賀青山興奮道：「就和你說的一樣，那些被害人真的跟貓有點關係。根據現場勘查，他們在被殺的時候，似乎都有一定程度的虐貓行為，警方曾懷疑凶手是極端的動保人士。這個資料相對隱密，為了偵查需要，沒有對外公開過。」

穆方精神一振，拿起幾張資料來看。

「詳細的資料不能外調，這些是我同學憑記憶整理的。」賀青山看來是真的很重視穆方的事，又道：「至於你提到的第三件事……那些被害者之間基本上沒什麼關連，各行各業的人都有，唯一可能的共通點，是其中十幾人曾住在同一個社區。」

「噢。」穆方有些失望，順口問道：「哪個社區？」

賀青山往窗外一指：「就是對面的鳳翔社區。」

「什麼？」穆方猛然抬頭，急切道：「有沒有那些人的資料？」

「都在這。」賀青山心思細膩，早把那些人的檔案準備好了，拿出一個資料夾遞給穆方。

厚厚一疊資料，上頭顯示這些被害人確實曾在鳳翔社區住過一段時間，而且幾經比對，所有人共同住在鳳翔社區的時間點，正是關鍵的十八年前。

穆方覺得自己離真相越來越近了，但前方依然存在大片迷霧。

這些人的靈已經被咪咪吞噬，無法直接找本人詢問，他現在只能像警察辦案一樣，向他們的親朋好友打聽。

根據以往的經驗，穆方深知和人打交道，比和靈打交道難多了。

「山哥。」穆方抱著最後一線期望問道：「這些被害者，十八年前都住在同個社區，有沒有一起遇過什麼特別的事？比如說一起車禍，一起遇到火災，一起掉河裡……」

「這個……好像都沒有吧。」賀青山哭笑不得：「穆方，你到底要查什麼？」

穆方很鬱悶：「查貓，死貓。」

「你們又在聊貓呀。」錘子從房門後探出半個腦袋，對穆方與賀青山嘿嘿笑著。上次的豬腳事件，讓錘子有了嚴重的心理陰影，打從賀青山把資料拿回來，就躲進了房間裡。但他實在擋不住自己那顆強烈的八卦之心，一直躲在門後偷聽，後來覺得沒什麼顧忌的話題，就忍不住跑了出來。

「小穆，你對十八年前的事那麼感興趣啊？」錘子從屋裡出來，拍著胸脯道：「你可以來問我，我從小就在這社區長大的！」

賀青山頭都沒抬，逕自翻著資料：「十八年前你才六、七歲，能知道什麼啊。」

「我早熟！」錘子揮了揮拳頭：「我三歲時和六歲的打架，六歲時就能打趴十歲的。」

「我們現在需要的是腦子，不是你的肥肉。」賀青山抬頭白了錘子一眼。

錘子繼續說：「那不是問題，我小時候很苗條！」

錘子很會閒扯，但都沒什麼內容，說著說著就容易扯到十萬八千里外。

「錘哥，那您就說說有什麼八卦，讓我聽聽。」穆方怕錘子越扯越沒遠，連忙出言恭維了下。

「你不是問貓嗎，我就跟你說貓的事。」錘子神神祕祕，好像在說什麼傳奇故事一樣：「我們社區啊，有個地下室被水泥封死了……你們知道為什麼嗎？」

「嗯……漏水太嚴重？」穆方隨便亂猜。

「是裡面毒死了好多流浪貓。」賀青山接口道：「這件事我至少聽錘子說了不下百遍。」

穆方聞言，不由一愣。

「山哥，沒有人這樣的啦。」錘子很鬱悶：「你都說完了我要說什麼。」

穆方沒回應，皺著眉頭沉思。

兩個社區距離這麼近，蕭雯雯又那麼喜歡貓，再加上流浪貓、毒死等關鍵字……難道真的是自己捨近求遠，反而錯過最重要的線索了嗎？可是，龍騰社區他先前有繞過一圈，沒發現什麼不對勁的地方啊。

「錘哥。」穆方想了一會，開口問道：「你說的那件事，真的是十八年前發生的嗎？」

「具體時間我不太確定，但應該差不多。」錘子用手托著下巴作沉思狀：「多則二十年，少則十五、六年，中間有四到五年的誤差……」

「沒事啃你的豬腳去，少在這邊裝柯南。」賀青山拿資料拍了錘子的腦袋一下，訓斥道：「五年叫差不多嗎？差多了好不好。再說你住龍騰社區，穆方是問鳳翔社區的事。」

「十幾年前，龍騰也是鳳翔啊。」錘子一臉委屈。

「什麼？」穆方猛一昂頭。

賀青山疑惑道：「什麼龍騰就是鳳翔？」

錘子揉著腦袋解釋：「本來這裡只有一個鳳翔社區，在我國中的時候，市政府搞了一個什麼都市更新計畫，從中間修了條路，才變成一個鳳翔一個龍騰。」

「那個地下室在哪？」穆方站了起來：「快帶我去！」

錘子說的地下室，實際上是一個有幾十年歷史的地下倉庫。在社區剛剛建成的時候，倉庫入口就已堵死，只有少數幾個通風口和窗戶能進出，久而久之，便成了流浪貓的安居之所。

後來附近住戶受不了貓叫的騷擾，趁著一個小雨天，將許多燃燒中的木炭丟進倉庫，再以水泥封死所有的空隙，讓裡面的流浪貓一氧化碳中毒而死。

鍾子拎著兩把消防斧，指著前方的庭園布景道：「入口就在那幾個假山下方，不過都被水泥封死了。」

鍾子所指的地方，穆方之前來過，但只是遠遠地看一眼，沒發現幽魂就走了，現在靠近一看，才發現有所不同。

這裡乍看之下是社區裡的綠化花圃，但與其他綠地相比，明顯較為陰冷。靈目一開，假山下面的幾個地方，更是不難察覺飄出的濃濃怨氣。

穆方回頭招呼道：「幫我把風，我看看能不能砸個洞下去。」

「你真的要下去？」賀青山也拎著斧頭：「要不要我再找人問問貓的事，這樣貿然下去，萬一時間不對怎麼辦？」

「不用問了，免得驚動別人。」穆方從鍾子手裡接過一把消防斧，大步走了過去。

賀青山和鍾子互相看了看，二話不說跟了上來。

到了假山邊的倉庫入口，三人舉起斧頭，就是一通亂砸。

當年水泥封得很嚴實，但在近二十年的風化侵蝕下，他們沒怎麼費勁，就砸出了好幾個洞。洞口不大，就算把旁邊的水泥都清理掉，成年人也進不去。

賀青山不曉得穆方到底要進去查什麼，見他堅持要進入，還是找工具將其中一個洞口擴大了一些，勉強容得下穆方通行。

穆方請賀青山和錘子在外面把風，點了一根蠟燭，鑽進地下倉庫。

靈目一開，再黑的地方都猶如白晝一般清晰。穆方點蠟燭的目的不是為照明，而是為測試倉庫裡面的氣氣濃度。

蠟燭的火苗顯示這裡的氧氣很充足，但怨氣濃度委實可怕，竟然已隱隱有具象化的趨勢。穆方站在倉庫內，頗有站在煙霧中的感覺。

怎麼會有這麼大的怨氣，八成和地獄有得拚。

穆方四下看了看。

沒有靈體存在的感覺，不過這些怨氣實在很礙事。

穆方從背包中取出四靈燭臺中的朱雀燭臺，插上一根靈燭，雙手結印。

「眾生仰望，七宿臨凡。南丙丁火，氣騰為天。朱雀，燃！」

隨著穆方一聲斷喝，靈燭不點自燃，以燭臺為中心，幻化出一團人臉大小的火紅光暈，就像個縮小版的太陽。

四周的怨氣受到牽引，呼嘯著湧入光暈當中，隨著幾聲劈啪聲響，滿屋的怨氣被飛速煉化。

這些怨氣都是囤積下來的，並非靈體身上所帶，煉化起來相對輕鬆。

少頃，屋裡的怨氣幾乎全被煉化，黏滯的空氣煥然一新，看東西清楚了很多。

穆方滿意地拍拍手，正想把燭臺收起，目光不經意地一瞥，表情驟變。

放眼望去，前方盡是細小零碎的骸骨。

那些骨頭，都是動物的。

穆方有心理準備，但沒想到竟然會有這麼多。

密密麻麻，幾乎將前方地面鋪滿，少說也有上百隻貓的骸骨在這。

穆方緩步前行，心情越發沉重。

越往裡走，骨骸越密集。

走著走著，穆方停住腳步。

在前方一個石柱邊，一具孩童的骸骨癱靠在那裡。

看著那積滿灰塵的小碎花裙子，以及旁邊的書包，穆方知道自己找對地方了。

找到了想找的，但他沒有一點喜悅，只感覺心臟像被人抓住一般疼痛不已。

走到蕭雯雯的骨骸前面蹲下，穆方緊緊咬著嘴唇。

骸骨的嘴張著，肢體蜷縮在一起……蕭雯雯當時一定承受了巨大的痛苦，可是在這幼小的骸骨身上，竟然看不到絲毫怨氣殘留。

如果不是受那些貓咪的怨氣影響，蕭雯雯可能早就入輪迴了，根本不會成為惡靈。

真是個單純的傻丫頭。

穆方的心更疼了。

「雯雯，再忍忍，我很快就帶妳離開這。」

穆方紅著眼睛，顫抖著手伸向遺骸。

在接觸到的瞬間，穆方右眼突然泛出一陣蔚藍的光華，一幅動態的畫面浮現在腦海中。

這是靈目的另外一個能力：追憶。

蕭雯雯出生在書香世家，爺爺蕭逸軒是老派的文人，學識淵博；父母是學者，在各自領域都相當有成就。

因為父母經常外出進修講學，蕭雯雯一直跟爺爺生活在一起。不過蕭逸軒經常忙學校的事，蕭雯雯放學後不喜歡悶在家裡，就在社區中庭寫作業，等爺爺回家。

從蕭雯雯懂事起，貓陪伴她的時間遠遠多過親人，社區裡其他住戶討厭的那些流浪貓，卻是她最親密的夥伴。

直到十八年前的某一天，部分受不了貓咪的住戶聚在一起，商量對付流浪貓的辦法。有人提出趕走，但很快被否決了，因為貓的流動性很大，就算暫時趕走，早晚也會回來。後來，一個面孔模糊的男人，提出了一個建議。

毒殺全部的流浪貓。

在他們商量的時候，蕭雯雯正趴在附近的臺階上寫作業，恰巧聽到了全部的過程。她苦苦哀求，希望大人們不要那樣對待貓咪，換來的卻只是嘲笑和辱罵。

在大人們的笑聲中，蕭雯雯哭著跑開了，但她不是跑回家，而是背著書包去找貓。花了兩個多小時，蕭雯雯用書包把所有能找到的貓裝起來，悄悄帶到了地下倉庫。那裡是流浪貓的大本營，旁邊沒有住家，應該不會被人發現。

蕭雯雯和一大群貓咪蜷縮在倉庫的角落裡，想等著這場風波過去。

然而年幼的她哪裡知道，那些大人本就打算把貓趕到那個倉庫，來個一網打盡。

一個幼小的孩童，和一群貓咪在昏暗的倉庫深處，看著那些大人封死所有的出口，卻只能在木炭燃出的煙霧中痛苦地掙扎。她想叫，但濃烈的一氧化碳，讓她根本提不起半點力氣……

「混蛋！」那些人封死這裡的時候，難道沒想過裡面可能有孩子嗎?!

穆方目眥欲裂，一腳踢碎旁邊的破木箱，濺起許多散落的貓骨。貓骨落到身上，讓他不禁打了一個寒顫。

好強的怨氣！

雯雯的骸骨上沒有怨氣，可那些貓骨卻都有怨氣殘留。

穆方皺了皺眉，拿起其他的貓骨檢查，他看著看著，臉色漸漸難看起來。

妖靈是怨氣所化，可這裡怨氣的來源分明不止一隻貓。難道那個咪咪，是這裡所有的貓靈怨氣凝聚的？

穆方倒吸了一口冷氣。

李文忠沒提到過這種情況，但光用想的，穆方也知道這事情不簡單。

拿出手機想打電話，才發現這裡沒有半點訊號，穆方遲疑了下，還是抱起蕭雯雯的遺骸。

不管怎麼回事，都不能讓雯雯繼續待在這個地方！

穆方抱起屍骸準備離開，剛轉過身，就見蕭雯雯不知何時已站在了那裡。

她身上還是穿著那條碎花裙，背著書包，眼眶紅紅的。

靈目的追憶發動，其實需要靈和肉身同時在場，先前穆方的情緒不穩，一時竟然忘記了這點。

「大叔，沒想到你會找到這裡……」蕭雯雯勉強地笑道：「你不該來的。」

「我帶妳離開。」穆方聲音很輕。

看到曾經發生的那一切，穆方清楚知道自己該做什麼。

「不可以。」蕭雯雯用力地搖著頭：「咪咪會醒，牠在這裡比在外面更厲害，你打不過牠。」

穆方掃視四周：「牠們……都是咪咪吧。」

「嗯。」蕭雯雯輕輕點了點頭：「咪咪很可憐，牠不想傷害別人的，只是……」

「只是牠還是會傷人。」穆方打斷了蕭雯雯。

蕭雯雯辯解道：「但那些都是壞人，你知道的！」

穆方道：「我可以幫你們懲罰那些壞人，但咪咪不能再傷人。牠做的事會連累妳，若是招來靈界鐵捕，到時不管怎麼補救都來不及了。」

「大叔，你錯了，我一點都不無辜。」蕭雯雯的小臉上帶著不合年齡的悲涼：「我也恨那些人，我只是沒有咪咪的勇氣。咪咪傷人的時候，我看不到，但是也會有感覺，如果我想阻止的話，其實是辦得到的，所以……」

蕭雯雯抬起頭，靈動的眼睛裡帶著堅定：「如果靈界鐵捕真的會來，那就讓他們終結這一切吧。」

望著看似成熟的蕭雯雯，穆方只感覺自己的心在顫抖。她只有八歲，卻經歷了成人也無法承受的痛，而且過了十八年，竟然還能保持著善良的本性，哪怕到最後，她的選擇，也是接受這一切。

老天啊老天，祢怎能讓一個孩子承受這些東西？

「妳不該這麼想。」穆方的聲音有些發顫：「雯雯，相信我，我可以救妳。」

「救了又有什麼用呢？」蕭雯雯苦澀道：「沒人在乎我，在乎我的只有貓咪。最後唯一陪在我身邊的就是咪咪，如果靈界的人真的來抓咪咪了，我就跟牠一起走。地獄很可怕嗎？沒有人在乎的世界才是最可怕的吧……」

穆方看了看蕭雯雯，把骸骨輕輕放下，緩步走到近前。

「大叔，你走吧。」蕭雯雯抬頭笑著，眼睛裡卻流出了淚水。

「妳真的不該那麼想。」穆方蹲下身子，抹去她的淚水，輕聲道：「妳的爺爺在乎妳、惦記妳，不然不會叫我送信給妳。妳的爸爸媽媽也在乎妳，只是他們並不瞭解妳的心。而且現在，又多了一個在乎妳的人。」

穆方將蕭雯雯輕輕攬入懷裡：「我在乎妳。從今天起，我會陪著妳、護著妳，不讓任何人再欺負妳。」

蕭雯雯瘦小的身軀顫了顫，緊緊咬著嘴唇，眼淚止不住地流了下來。

「大叔，我好怕，真的好怕。我不想這樣，不想的……」終於，蕭雯雯伏到穆方的肩上，大聲哭了出來。

穆方輕輕拍著蕭雯雯的背：「雯雯，帶我去找那些壞人。我代替妳，給他們應有的懲罰。」

咪咪是由數十隻流浪貓的怨氣凝結，在這個城市中，只要是貓能去的地方，牠都能去。

當年那些直接參與殺貓的人，多數都已經被咪咪殺死，除了一個臨時租房的房客不知所蹤，現在只剩下兩人，是一對夫妻。

咪咪沒有對他們下手，不是因為留情，而是牠傷人也有限制。除非當事人正在虐貓，否則牠只能看到，而無法碰到對方。

上次穆方遇見的那四個虐貓者，咪咪已經盯上他們好一段時間了，如果不是穆方早一步出手，恐怕他們現在就是四具冰冷的屍體，而蕭雯雯和咪咪，也會湊足靈界鐵捕出手的四十九之數。

穆方無論如何都不能讓雯雯被抓入地獄。他說的那些話，可不是安慰人而已。

為了不驚動咪咪，穆方暫時沒有移動蕭雯雯的遺骸，從地下倉庫出來後，他請賀青山和錘子幫忙堵上洞口，自己則帶著雯雯，前往那對夫妻的住處。

早在鳳翔社區改建前，那對夫妻就搬走了，但咪咪也找到了他們的新址。

「就是那裡，一樓。」站在某社區的大樓前，蕭雯雯指了指前方的住家。

天色很晚了，從透著亮光的窗戶望進去，正好有一男一女在看電視。

男人叫楊山，女人叫湯琴，夫妻兩人都是普通上班族，看起來相當平凡，沒什麼特殊之處。

回頭看了看蕭雯雯，又從窗外望了望楊山夫婦，穆方暗自感慨。

這夫妻倆不知是改邪歸正了還是運氣好，這麼多年都沒被咪咪抓到，不過為了以防萬一，還是溝通一下比較好。

「你要打他們嗎？」蕭雯雯有些遲疑：「這些年，他們好像沒有欺負貓咪了，能不能放過他們？反正只要他們不再做壞事，咪咪也沒辦法傷人。」

「妳呀，哎。」穆方一陣心疼。

要是換成別人，看到害死自己的仇人，不上去拚命就算了，也不會有好臉色，可是這個傻女孩，第一個反應竟然是替他們說好話？

見蕭雯雯睜著大眼睛看向自己，穆方不好拒絕，模稜兩可道：「我先和他們聊一聊，之後再決定要怎麼做，好嗎？妳還是躲遠點吧，萬一咪咪出來就麻煩了。」

「我知道咪咪會在怎樣的情況出來，現在不會的。」蕭雯雯很堅持：「我就在這看著你，你去敲門。」

穆方無奈，只好上去敲門。

等敲完門，他才想到一件事：門開了後我該說什麼？

按照穆方一開始的計畫，當然要捉弄一下這對夫妻，等整完人了再溝通，事情會好解決很多。但現在走正常路線，他反而不知該怎麼辦了。

「你找誰？」開門的是楊山。

穆方張了張嘴，不知道說什麼才好。

「你來幹嘛的？有事？」楊山更看穆方久久不說話，心中懷疑，語氣便有些不善。

「喔，我來送信，你們以前的鄰居老劉……」穆方急中生智，報了一個在資料上看過的名字。

楊山對老劉的名字有印象，但還是覺得很奇怪。他們以前是鄰居沒錯，但這麼多年來從未聯繫，老劉怎麼會知道自己新家住址？還請人送信？

「信呢？」楊山問。

「口信。」穆方順口胡謅道：「他覺得當年的事做錯了，希望你們痛定思痛，不要重複以前的過錯，好好愛護動物，尤其是可愛的小貓咪。」

「你有病吧？」楊山惱怒道：「說什麼亂七八糟的東西，沒事就滾遠點，別來發神經。」

匡的一聲，楊山甩上大門。

穆方轉頭朝蕭雯雯聳了聳肩：「妳看，這人脾氣不太好。我換個方法？」

「你是故意的，別以為我沒看出來。」蕭雯雯哼了一聲：「你根本不打算好好和他說話。」

「我說雯雯啊，這麼多年，妳怎麼都沒開竅？」穆方無奈道：「就算妳以德報怨，人家還不一定領妳的情呢。更何況妳要我跟他說什麼？好好說，他就信了？」

「你讓我想想……」蕭雯雯揉著小腦袋瓜，皺著眉頭用力思考。

穆方看著雯雯那認真的模樣，只覺得頭疼。

雯雯和咪咪，簡直就是兩個極端，他甚至懷疑是不是天道覺得這小女孩太天真，才故意弄出一個妖靈來中和一下。

穆方在外面看著蕭雯雯發愁，屋裡則有人盯著他發抖。

楊山和穆方在門口的對話，屋裡的湯琴全都聽在耳裡，她老公當穆方是神經病，她卻不那麼想。

楊山摔門轉身回來，就見湯琴在那抖個不停。

「妳怎麼了？」

「老、老劉……已經死了……」湯琴臉色煞白。

湯琴其實和老劉不熟，但她前段時間參加某位朋友的葬禮時，恰好聽人提到老劉的死訊。對方也是以前鳳翔社區的住戶，感慨地說這兩年死的人都是老鄰居，而且都是被人害死，該不會得罪了什麼人。

本是無心之言，她聽了卻莫名地害怕。

湯琴膽子很小，當年贊成毒殺那些流浪貓只是一時衝動，後來她越想越害怕，老是夢見那些貓找她報仇。這些年，雖然她還是一如既往地討厭貓，但從來不敢做太過分的事，甚至還告誡老公楊山別亂來。

她本來都快忘了當年的事，可那個葬禮讓她再次擔心起來，今天聽了穆方那幾句話，更是被嚇傻了。

「妳有完沒完？」楊山氣道：「上次妳參加完葬禮回來就囉嗦個不停，現在又來？」

湯琴用力搖頭：「你自己想想看，老劉已經死了，怎麼可能送信給我們呢？一定是那些貓！」

「貓貓貓，我看妳腦子裡除了貓就沒別的東西了。」楊山惱怒道：「毒死一群貓而已，妳有必要念念不忘這麼多年嗎？再說就算什麼老劉還老趙的死了，又跟我們有什麼關係？」

「你、你說，該不會那些貓來找我們報仇了吧？」湯琴沒事就愛亂想，少有想對的時候，唯獨這件事是個例外。

「妳也是神經病！」楊山實在受不了了。

「當初整天嫌貓吵的是妳，現在畏貓如虎的也是妳，連有個神經病上門，竟然都能引起妳的猜想！」

湯琴剛想辯解，目光不經意地往窗外一看，立刻驚恐道：「他是誰？」

穆方長得並不可怕，偏偏他現在正對著蕭雯雯嘆氣，落在別人眼裡，就好像在對空氣說話一樣。湯琴本就害怕，見狀更是沒辦法鎮定。

「那傢伙怎麼還沒走？」楊山氣急敗壞。老婆風聲鶴唳已經夠煩了，還有個怪人在附近糾纏不休。

楊山隨意披了件衣服，開門衝了出來，不分青紅皂白就對穆方罵道：「你還在這幹嘛，欠揍是不是，給老子滾遠點！」

穆方瞥了楊山一眼，便一語不發地快步離去。

「還好你這臭小子識趣，要不然老子一定揍死你！」楊山得意地揮了下拳頭，又回頭對屋裡的湯琴喊道：「看到沒有，連人都怕老子，還怕什麼貓！」

楊山並不知道，穆方突然離開不是因為怕他，而是接到了賀青山的電話。

賀青山在電話裡說，有一男一女進了社區，兩人都背著大背包，還戴著防風鏡，一直在地下倉庫附近張望。雖然錘子凶巴巴地將人攔下了，但賀青山覺得他們有些古怪，於是打來和穆方說一下。

聽到賀青山的描述，穆方立刻認定那二人必是陳天明、陳清雅父女。並不是誰都喜歡戴著防風鏡到處閒逛，尤其時間又這麼晚了。

電話剛掛斷，楊山就氣呼呼地從大樓裡跑了出來，穆方沒有心情理他，直接轉身走人。

以屍骸為引，煉化惡靈是最基本，也是最有效的除靈手段。陳家父女一旦發現蕭雯雯的遺骸，勢必有所行動。

然而萬一他們那麼做了，必將引發最可怕的後果。

08

凶眸再現

穆方沒有對蕭雯雯說實話，只叫她無論如何，都要暫時遠離那個地下倉庫。蕭雯雯雖然疑惑，還是點頭答應了。

穆方飛快趕回了龍騰社區，等他到了假山後面的入口處，心不禁一沉。

賀青山和錘子都躺在那，明顯是被人打暈了。

而順著那個入口，依稀能看到閃爍的火光。

穆方顧不得許多，飛身跳下，一下去就看到了陳天明。

陳天明背手而立，臉上略帶笑意：「又見面了，我們還真是有緣。」

穆方依靠賀青山幫忙查案，陳天明同樣有自己的管道。雖然切入點各不相同，但他還是查到了那些死者的關係，循著線索找了過來。當然，要不是賀青山和錘子在那站崗，陳天明也不會這麼容易發現地下倉庫。

「你們要做什麼？」穆方沒有開玩笑的心情，向遠處望了一眼。

以蕭雯雯的遺骸為中心，陳清雅正在布置陣法，並將某種不知名的液體均勻灑在上面。

「住手！」穆方又驚又怒，飛身撲出。

陳天明手臂一伸，沒怎麼用力，穆方就被推了回去。

「小兄弟，我父女二人很感激你的靈棗，但除靈衛道乃是我輩責任。」陳天明橫身擋在了穆方面前：「如果你真的打算繼續守護所謂的客戶，就休怪我不講情面了。」

「就算是除靈也不能動雯雯的骸骨，妖靈的本源來自那些貓，你們搞錯了！」穆方焦急地再次向前衝，但又一次被擊退。這次陳天明用的力氣大了些，穆方一屁股坐到了地上。

遠處的陳清雅扁了扁嘴：「什麼妖靈魔靈，都這個時候了還在妖言惑眾。」

「清雅，別耽誤時間。」陳天明回頭囑咐道：「那惡靈不簡單，在她返回之前把陣法完成。」

「知道！」陳清雅再次忙碌起來。

「你們他媽的別逼我！」穆方真的急了，雙手結印：「靈目，開！」

靈目一開，穆方眼中紅芒乍現，靈力一下從通靈境初期突破至中期的境界。

這是穆方第一次在陳家父女面前露出靈目，陳天明和陳清雅都吃了一驚。

「竟然有靈目，真是暴殄天物。」陳清雅難掩自己的羨慕。

陳天明臉色變幻不定，沉聲問道：「穆方，你師父究竟是誰？」

普通人當中，偶爾會出幾個開天眼的，但從來沒人開眼同時還能將靈力生生提高一個檔次。陳家父女知道，穆方這不是尋常的陰陽眼，而是真正的靈目。

通靈師可以使用各種各樣的靈器裝備，但沒有一種會比自己的身體更好用。自古時起，便有強大的通靈師通過特殊法門，將自己身體的一部分靈化，變成靈肢，這樣不僅可以發揮更強的力量，對通靈師自身也有極大益處。如果通靈師願意的話，靈肢也可轉移給他人。

在通靈者的世界中，靈肢都是真正的無價至寶，通常只有少數傳承古老的門派家族擁有。穆方如此年紀，竟然擁有其中最為稀有的靈目！

雖然穆方那隻眼睛的特殊之處不止如此，但也足夠讓陳家父女吃驚了。

「我師父姓薛。」穆方沒想到他們這麼在意靈目，乾脆順勢道：「你們不相信我，總該相信我師父。」

陳天明皺了皺眉。光是一個姓，能得到的線索太少。

然而就算穆方真的有背景，要是這麼簡單就放過一個惡靈，他陳天明也不用在圈子裡混了。

「不管你師父是誰，這個靈我們除定了。」陳天明回頭斷喝：「清雅，專心做事。」

「老頑固，看拳！」事到如今，穆方只能硬拚，飛身攻向陳天明。

陳天明微微側頭躲避。

穆方抬腳踹他腹部。

陳天明身子一扭，輕鬆避開。

穆方抓住陳天明肩膀，打算用蠻力將其摔倒。

陳天明肩膀只是微微一震，穆方就好像被電到一樣，瞬間被反彈了回來。

穆方拳打腳踢猛攻不止，可是陳天明幾乎連手都沒抬，就將攻勢一一化解，顯得相當游刃有餘。

現在穆方的確能一個打十個，但那是打普通人，如果單論拳腳，他還不一定能打過賀青山。

靈力能增強力量，不能增強技巧，在力量相差不懸殊的情況下，一力降十會完全是個笑話。更何況現在穆方的靈力境界不如陳天明，技巧力量都沒有優勢，又怎能取勝。

看到陳天明眼裡的戲謔，穆方才恍然想起，賀青山都被對方打暈，自己哪有辦法和他比拳腳。要想取勝，只能用那一招了。

滅道！

穆方虛晃一招，後退幾步，右手掌心向下。在凝聚靈力前一剎那，他的臉上不禁閃過幾分遲疑。

穆方以滅道打倒過妖靈狀態下的蕭雯雯，對付陳天明肯定不在話下，但妖靈畢竟是妖靈，陳天明能撐得住滅道的威力嗎？萬一這老頑固不經打，被自己打死了……

「你靈力不俗，又擁有珍貴的靈目，功夫卻連普通人都不如。」陳天明微微搖頭：「真不知道你師父是怎麼教你的。」

「廢話少說，你到底讓不讓開！」穆方沒心情和陳天明廢話，陳清雅那邊馬上就要點火了。

「打倒我，就讓你過去。」陳天明說得雲淡風輕。

「那你自己注意，可別死了！」穆方一咬牙，五指虛張，一股龐大的靈力在掌心凝聚。

陳天明瞳孔一縮，神色轉為凝重。

什麼功法？好強的波動！

雖然有些在意，但陳天明並未太放在心上。不管再怎麼厲害的功法，都要和靈力相呼應，通靈境中期的境界，無論如何也傷不了他這個後期高手。

「小心了！」穆方右手一抬，掌心光華閃耀。

被穆方用手掌正對著的瞬間，陳天明只覺置身冰窟，一股莫大的警兆湧上心頭，幾乎是下意識地將雙臂橫到胸前。

滅道之一，沖！

光華爆閃，氣浪翻騰。

轟的一聲，一道強勁的衝擊波將陳天明轟了出去。

在光芒和煙霧之中，陳天明腳不離地，被生生推出去十多公尺。煙霧散去，他的兩隻袖子不見了，露出結實的手臂。

穆方微微一怔。

這陳天明好強，竟然沒被打倒。

陳天明將雙手收在背後，面露微笑：「你這一招不錯，叫什麼名字？」

「算你厲害。」穆方再度凝聚靈力：「那我可以放心出手了。」

陳天明嘴角的笑容頓時掛不住了。

如果不是隨身戴著護身玉符，剛才那一下就算不打死他，也能讓他趴在地上吐血。那玉符可是號稱能抵禦聚靈境的一擊，然而在穆方的一擊之下，就已經徹底破損。

原以為這種大殺招只能用一次，沒想到穆方竟然還能用，要是再來一下，那豈不是要他老命？

這是什麼招式？還是這小子藏了什麼東西？簡直和迫擊炮差不多了。

不行，絕不能再傻站著被轟，太危險了。

穆方正待出手，陳天明突然身子一弓，猛然向側方彈出。不等穆方變招，他又是一個急停變向，身軀好像瞬間變成兩個。

唰唰唰，陳天明身子左搖右晃，穆方舉著手臂來回瞄準，卻無法捕捉到對方的身形。

穆方眼前一花，陳天明欺身到了近前。

砰！

穆方嘴角挨了重重一拳，嘩啦聲響中撞進一堆雜物當中。

「你這招的確威力絕倫，但打不中的話就沒有任何意義。」陳天明沉聲道：「年輕人，罷手吧。」

上品靈棗、神祕師父、不知名的強大功法……這種種的一切，替穆方施加了太多的神祕光環。在弄清對方底細之前，陳天明不想把關係弄得太僵。

「一發打不中，我就多來幾發！」穆方從雜物之中站起，吐了一口帶血的唾沫。

陳天明搖了搖頭：「再來幾發都一樣。」

「試試看！」穆方手一揚，頓時光華大作。

陳天明身形急閃，轟的一聲，身後牆壁被轟出一個大洞。他冷哼一聲，可才剛回頭，又見一道光束疾射而來。

還能連擊？

陳天明愕然，連忙再度閃避。

不等他站穩，穆方的下一擊又到了。

陳天明連忙就地一滾，堪堪避開。

「還真會躲啊，再來！」穆方沒有絲毫停歇，手掌又是一震。

陳天明差點沒哭出來。這種邪門招式，這小子究竟從哪學的？不僅威力大得嚇死人，還能連發，根本是不留活路給人啊。

陳天明四處奔逃，穆方就像個移動炮臺似地窮追猛打。

穆方曾打算直接轟擊陣法，但又怕傷到蕭雯雯的遺骸，所以只能追著陳天明打。

轟轟轟——

倉庫之中轟轟作響，土石橫飛，沒過多久，地面、牆壁，到處都是大坑大洞，就連那些支撐用的石柱，也像被啃過了一樣，千瘡百孔、搖搖欲墜。

「停手，你這個瘋子快停手，這裡會塌的！」陳天明披頭散髮，氣喘吁吁，臉上全是泥土，再也不見半點高手風範。

「你叫你女兒先停手，要不然大家一起活埋！」穆方毫不讓步。

「沖」是滅道的第一道，是最基礎的招式，但即便如此，也不能隨便當機關炮轟著玩。別看陳天明被轟得抱頭鼠竄，穆方自己其實一點都不輕鬆。

「瘋子，他媽的瘋子！」陳天明氣急敗壞。

他出道這麼多年，為了除靈而拚命的人見多了，還沒見過為了保護惡靈而這樣玩命的。

陳天明正煩惱該怎麼應對穆方，忽聽陳清雅興奮地大喊：「完成了！」

在穆方與陳天明交手時，陳清雅專心布陣，心無旁騖，終於將陣法布置完成。

一團團氣霧中，蕭雯雯的遺骸徐徐升起，若有若無的火焰從各個部位湧出。

地火焚靈陣，可將怨氣及屍骸全部煉盡，連灰都不剩下一點，煉化速度更是極其快速。

先前穆方以為陳清雅布陣是為了隔絕靈體，沒想到竟然是這個陣法。

空氣中突然傳來一陣哭嚎，蕭雯雯的靈體自倉庫天花板浮出，被生生扯入陣法當中，和她的遺骸融在一起。

陳天明大喜：「清雅，做得好！」

「那當然，你也不看你女兒是誰！」陳清雅一臉興奮。

這是她第一次正式外出除靈，雖然有父親在旁輔助，但這陣法是她獨力完成的。回去之後，她倒要看看還有沒有人敢小看自己。

我陳清雅從今天開始就是正式的除靈師，再也不是你們口中的黃毛丫頭！

「爸爸，沒給你丟臉吧……」陳清雅掐了幾個法訣，將陣法徹底引動，得意地起身轉向陳天明。

一張烏漆抹黑的面孔，進入她的視線。

「爸，你怎麼了?!」陳清雅嚇了一大跳。

方才她專心致志，整個人都投入到布陣當中，根本不知道陳天明和穆方打得有多熱鬧。

愣愣地看了看狼狽的父親，陳清雅又把目光轉向另外一邊。

是他把父親打成這樣的？怎麼做到的？

穆方左手撐著膝蓋，右手垂在身前，低著頭大口大口地喘氣，額頭盡是汗滴。

過了片刻，穆方抬頭看向焚靈陣，臉色鐵青。

「你們犯下大錯了！」

蕭雯雯的遺骸徹底被火焰籠罩，一個小女孩的影像蜷縮在那，若有若無。如果仔細看的話，會發現蕭雯雯身形閃爍時，一隻貓的影子也隨之閃現。

現在做什麼都晚了，穆方不知道之後會發生什麼事，只能靜靜等待接下來的發展。

陳清雅好奇地打量穆方：「看不出來，你還真有幾把刷子，能把我爸爸逼成這樣的人可不多。」

「你實力不俗，只是想法太過天真。」陳天明拍了拍身上的土：「離開這裡後，我想見一見你的師父。」

陳家父女現在是勝利者的心態，對穆方的「無禮」給予了最大的包容，只是穆方沒什麼心情和他們拉關係。

「想見我師父？」穆方呵呵一笑：「先想辦法活著離開這裡再說吧。」

對方明顯誤解了穆方的意思，臉色都有些不善。

陳天明面色一冷：「為了一隻惡靈，你真想與我父女為敵嗎？」

陳清雅也面露不悅：「別以為我會怕你！」

「你們現在該怕的，可不是我……」

隨著穆方的一聲嘆息，異變突生。

一股令人戰慄的氣息突然散發開來，與此同時，倉庫中所有的貓骨開始顫動。

「怎麼回事？」陳天明一愣。

陳清雅狐疑地望了望四周，當看見焚靈陣後，不由得驚叫出聲。

「爸爸，你看！」

順著陳清雅的目光看去，陳天明大驚失色。

地火焚靈陣依然健在，陣內的遺骸已徹底消失，可是，蕭雯雯的靈體卻出現在了陣外。

蕭雯雯的靈體呈現半透明狀，一道道青色氣流在身邊遊走。

聚靈境！

通靈境的靈力呈現白色，青色的靈力則屬於聚靈境。

陳家父女眼中驚駭莫名，臉色更是變幻不定。

這是怎麼回事？為何惡靈非但沒被煉化，反而還提升了靈力境界?!

「清雅！」陳天明突然反應過來，大吼道：「趁這惡靈尚未完全成形，盡速滅殺它！」

話音未落，陳天明一張劍符已然出手。

陳清雅緩過神來，連忙攻向蕭雯雯。

一張張劍符在蕭雯雯身側爆開，卻如蚍蜉撼樹，連半點漣漪都沒有激起。

陳天明臉色白了白，回頭對穆方叫道：「你還愣著做什麼，還不來幫忙！」

「幫什麼？幫你打破聚靈境的防禦？」穆方看都沒看陳天明。

陳天明張了張嘴，說不出話。

對啊，一境一重天，通靈境的靈符，又怎能傷到聚靈境的靈體？

蕭雯雯望著三人，嘴唇動了動，沒有發出任何聲音。穆方沒聽見她說什麼，但從嘴型看了出來。

蕭雯雯說的是……

快逃！

呼——

一陣怪風忽起，散落的貓骨就像得到了召喚，全部浮空而起，向蕭雯雯聚攏。

蕭雯雯的身形漸漸縮小，變成一個青色的光團，貓骨盡數融入其中。

陳天明不明白究竟發生什麼事，但那個光團給他一種強烈的不妙感，似乎裡面孕育著這世間最可怕的東西。

「跑，跑……快跑！」陳天明喃喃兩句，突然反應了過來。「清雅，我們快離開這！」

「可惡啊！」陳清雅臨走前恨恨地甩了幾張靈符，轉身跟著父親後退。剛跑了幾步，見穆方站在那沒動，她急忙喊道：「你還傻站著做什麼，快走啊！」

「那惡靈可不一定會放過你！」陳天明神色複雜。

現在的他有些相信穆方的話了，或許他們真的犯了一個大錯。可是現在不是追究責任的時候，一旦那惡靈活過來，他們可能真的會死在這裡。

穆方沒有理會他們，反而向前走了幾步。

「我是個郵差，信還沒送到呢。」

陳清雅聞言頓時氣結：「都什麼時候了，你還送什麼信！信重要還是命重要？」

穆方語氣平靜：「這是我的工作。」

陳天明步伐頓了一下。

他是郵差，送信是他的工作。可我呢？我是除靈師啊……

「清雅！」陳天明停住腳步，吩咐道：「妳出去馬上聯繫妳大伯，他或許能找到人對付這個惡靈。」

「好！」陳清雅跑了兩步才反應過來，轉身道：「爸，那你呢？」

「我留在這！」陳天明咬牙道：「絕不能讓這惡靈離開。」

「我跟你一起！」陳清雅跑了回來。

「少廢話，想一起死嗎？」陳天明怒吼：「我在這拖延時間，妳快去聯繫妳大伯，現在只有他能對付這惡靈。」

「大伯最近人在國外，我聯繫也沒用。」陳清雅執拗道：「你少騙人，我才不會自己逃走。」

「喵嗚……」

突然，一聲輕輕的貓叫打斷了二人的爭執。那叫聲很輕，但清晰入耳。

眾人循聲望去，只見一根斷裂的柱子上，多出了一隻凶獸。

那凶獸具備了所有貓的特徵，體型卻和小牛差不多大，周身青色氣焰翻騰，尖牙利爪宛如鋼刀。牠的眸子空洞凶厲，只是對視片刻，便讓人感到難以抑制的恐懼。

妖！

陳家父女面色鐵青，如臨大敵。

穆方看著那隻凶獸，不知為什麼，心卻莫名平靜了下來。

「我該叫你雯雯，還是咪咪？」

凶獸抬頭看了看穆方，眼中精芒一閃。

唰！

穆方只感覺眼前一花，凶獸消失不見，他連忙後退轉身，臉側似有狂風吹過。

撲通、撲通兩聲，陳家父女二人栽倒在地。

凶獸不見蹤影，但在陳清雅的胸前卻多出一隻小白貓，正看向穆方。

小貓體型很小，比成人的手掌略大，通體雪白，一雙明黃的眼睛好像瑪瑙一般。

小白貓的身上，帶著強烈的靈力波動，青色的氣流環繞周身。

「你！」

穆方下意識地摸了摸脖子。

「我沒碰你，也沒殺他們。」小白貓一張嘴，是蕭雯雯的聲音：「我只是不喜歡他們看到我的樣子。」

「雯雯？」穆方驚疑不定。

小白貓人性化地抓了抓頭：「反正只是個名字，你叫什麼都行。」

「你是咪咪！」穆方驚怒道：「你把雯雯的意識侵蝕掉了！」

「不要那麼大聲，很吵。」小白貓瞪了穆方一眼：「雯雯就是咪咪，咪咪就是雯雯，我們本來就沒有分開過。」

「你……」穆方臉色陰晴不定。

現在靈目看不到這隻白貓的資訊，穆方一時不知該如何決斷。

小白貓根本沒把穆方放在心上，活動了下爪子，四下看了看，抬頭望向倉庫的出口。

「你要做什麼？」穆方警惕起來，右手五指虛張。

小白貓扭頭對穆方齜牙：「當然是去殺人。」

「不行！」穆方幾個箭步跑過去，擋在出口方向，吼道：「如果你再殺兩個人，靈界鐵捕就會出手。」

穆方不知道這隻白貓是怎麼回事，也不知該如何應對，但是他知道，絕不能讓牠再傷人了。

「我當然知道，要不然也不會放過他們兩個。」小白貓瞥了陳天明父女一眼：「他們兩個真的很討厭，不過仔細想想，還是那些害我的壞人最討厭了。只要能殺了那些討厭的人，就算去地獄也沒關係。」

「我替你懲罰他們。」穆方急忙道：「那些人會遭到報應的。」

小白貓好像是笑了一下，問道：「那你會殺了他們嗎？」

「這……」穆方實在說不出口。

「哈哈，你真的很有趣。」小白貓咯咯笑了幾聲：「就算你願意，我也不會答應。那些壞人，只有親手殺掉，我才會覺得開心一點。不過你是好人，我不會傷你。」

小白貓邁著優雅的貓步，緩緩前行。「當然，我也不會傷害其他人。我只有兩個人能殺了，得小心才行。哎，束手束腳的好麻煩……」

穆方身子一動，攔住去路。「我不會讓你去的。」

「你也好煩。」小白貓仰頭看向穆方，眼睛裡閃著異樣的神采：「那就打暈你吧。」

還沒等穆方反應過來，就見眼前白影一閃，接著額頭挨了重重一擊，仰面向後栽倒。

小白貓眼中閃過一抹複雜的神情，但很快又堅定起來，身子一弓，就要從出口躍出。

突然，小白貓本能地感到不對勁，迅速向旁邊避開。

轟的一聲，一道光束打在牆壁上，激起碎石無數。

小白貓回過身，見穆方不知道何時坐了起來，抬著一隻手，掌心的光芒剛剛淡去。

「你還真頑強。」小白貓不耐煩地說：「你難道還不明白嗎，你是阻止不了我的。」

「那可未必！」穆方掙扎著起身，咬破右手中指，將手指溢出的鮮血，緩慢地塗抹在眼睛周圍。

手指移開之後，就見穆方的眼球一陣輕顫，彷彿海綿一樣，將鮮血盡數吸入。

「你在自殘嗎？」小白貓剛調侃了一句，眼神突然一變，身子猛然向後彈出。

危險！

「雯雯，對不起了。既然是聚靈境的妖靈，應該能撐得住吧……」穆方右眼的眼球徹底變成深紅，瞳孔則成了一條菱形細縫。那深邃幽暗的瞳孔，好像能把世間所有的一切都吸入。

二段開眼，凶眸！

小白貓後背高高弓起，毛髮根根直立，眼中帶著難以抑制的驚恐。

穆方的靈力暴增，雖然還是不如小白貓，可不知道為什麼，看著那隻眼睛，牠就有一種遠甚於死亡的恐懼。

被那隻眼睛盯著，竟然連動都不敢動。

「沖！」

穆方又是一揚手，一道比先前粗大的光束射出。

小白貓閃電般地避開，轟隆一聲，地面被轟出一個既深又廣的坑洞。

同為滅道之一，不同靈力境界施展出來的威力大不相同。

「自封靈力，否則死！」穆方面若寒霜，眼中殺氣四溢。

通靈境初期之後，可以自閉泥丸，封住靈力，非外力衝擊不能解。

小白貓不禁打了個寒顫，下意識地退了兩步。

「好重的殺氣，比我還重。」小白貓眼神冷冽：「你不是穆方！」

穆方微微怔了下，眼中的殺氣淡了許多。

白貓瞇起雙眼，幼小的身體爆射而出，直向穆方咽喉襲來。

穆方頭一歪，一道寒芒從脖側劃過，多出五道不深不淺的血痕。

「大膽！」穆方聲音低沉陰冷，眼中殺機更甚，身子前傾直衝而出，單掌抓向白貓。

小白貓一蹬石柱，中途變向。

穆方在空中一個迴旋，也踩在石柱之上，敏捷如靈猴。

小白貓大驚，喵嗚一聲，回身就是一爪。小巧的爪子帶出獵獵寒風，在空氣中形成一隻巨大的青色貓爪。

穆方揚手轟出一道衝擊波，貓爪頃刻消散。

「孽畜受死！」穆方再度猛虎似地躍出，動作和聲音都越發不像他自己。

穆方輾轉騰挪，一招一式大開大合，簡單又不失精巧，滿帶無盡殺氣。掌心凝聚著靈力，卻又不像之前那樣輕易打出衝擊光束，每一次出手的時機都恰到好處，不給小白貓絲毫喘息機會。

小白貓的靈力水準明明遠在穆方之上，可竟然施展不開手腳，被追得狼狽不堪。牠不是實力上被壓制，而是被那恐怖莫名的殺氣震懾，那種來自於靈魂深處的恐懼，讓牠連一半的實力都發揮不出來。畢竟穆方的身手再怎麼好，也不可能比貓更靈活。

如果剛才與陳天明對戰時有這樣的威勢，就算十個陳天明，也早被穆方撂倒了。激烈的打鬥掀起無數沙土，不停撒在昏倒的陳家父女身上。過了一會，陳清雅的手指動了動，緩慢地睜開了眼睛。

她勉強起身坐起，就看到了令人難以置信的場面。

一道閃電般的白芒在房間內來回穿梭，貓叫獸吼聲不絕於耳，但最令她震驚的，是另一個矯健的身影。那難以言明的殺伐之氣，讓陳清雅抑制不住地瑟瑟發抖，腦中更是一片空白。

突然，嗷嗚一聲，兩道身影同時停下。

穆方背對陳清雅，以左手將小白貓死死抵在牆壁上，右手靈力凝聚、蓄勢待發，沒有絲毫停頓和猶豫。

眼見白貓就要葬送在穆方手下，陳清雅不知怎麼想的，本能地發出一聲驚呼：「啊！」

穆方手微微一顫，眼中殺意消散，手上力道頓時輕了許多。

小白貓趁機掙脫，喵嗚一聲，將穆方撞倒在地。小白貓不敢戀戰，頭也不回地逃出了地下倉庫。

穆方坐在地上大口喘氣，右眼凶眸漸漸消失，靈目封閉，恢復成本來的樣子。

「你、你沒事吧？」陳清雅不禁關切地問了一句。

穆方喘過氣，忽地站起身，大步走向陳清雅。

「不要！」陳清雅頓時一個激靈。剛才穆方那殺氣沖天的樣子還在她腦海裡迴盪，見他接近，第一反應就是以為自己要被殺掉了。

「謝謝妳，我欠妳一次。」穆方從陳清雅身邊走過，順著倉庫的入口爬出。

陳清雅有些莫名其妙。

謝我做什麼？我也沒幹什麼啊。

09

任務完成

穆方從倉庫出來之後，社區裡已經亂成一團。他們在地下轟隆轟隆地打鬥，外面是看不見，但動靜一點也不小，尤其是住在樓上的，都以為發生地震，裹著棉被就匆匆跑下樓。

賀青山和錘子也醒了，正要抄傢伙下去幫忙。

穆方顧不得解釋，只叫他們把下面那對父女救上來，拿了賀青山的汽車鑰匙就飛奔離開。

一路上穆方風馳電掣，不知道闖了多少個紅燈，好險是三更半夜，要不然不知道會撞幾次車。

穆方駕駛技術很爛，更沒有駕照，但現在刻不容緩，穆方沒空管那麼多。蕭雯雯，或者說是咪咪，一定是去找楊山和湯琴那對夫婦了。

到了目的地，楊山家的窗簾全都拉著，電視聲音開得很大，防盜門緊閉。

短暫思考過後，穆方沒有貿然上前敲門，而是繞到大樓後面。

這是個老式社區，許多一樓住戶都在大樓後方圍了小院子，自己修了後門。咪咪現在擁有了肉身，不能自由地穿牆，如果要在不驚動他人的情況下進到屋裡，多半得從後門下手。

果然，穆方繞到大樓後方，發現陽臺的門虛掩著，旁邊還有兩個花盆被打翻了。

穆方小心翼翼地翻過圍牆，躡手躡腳地摸進屋裡，剛走進臥室，就聽見客廳裡傳來陣陣的啜泣，和嘈雜的電視聲混在一起。

將臥室門打開一條小縫，穆方向門外偷看一眼，頓時愣住了。

楊山被堵著嘴，赤裸著掛在客廳的吊燈上不斷掙扎，除了內褲之外別無他物，滿身都是被抓傷的血痕。

湯琴跪在下面，披頭散髮，身上的衣服破成一條條的，臉上的濃妝被鼻涕和眼淚暈花了。她手裡拿著打火機，一邊哭一邊燒楊山的腳底。

楊山表情痛苦，但還在那死撐著，就算忍不住把腿抽開，又會馬上放下來讓湯琴繼續烤。

兩個人都活著，讓穆方鬆了一口氣，可眼前這景象是怎麼回事？玩ＳＭ？

再仔細打量房內的情況，穆方總算找到了原因。

小白貓趴在一張沙發上，爪子勾著遙控器按來按去，愜意地瞇著眼睛。

穆方不知道之前發生了什麼，但基本能猜出個八九不離十。

咪咪趴在陽臺外面亂叫，楊山或者湯琴出去想把牠趕跑，結果門一開，咪咪闖了進去，先將兩人教訓了一頓，然後就把楊山吊起來，讓湯琴在下面烤他。

「好像沒時間繼續玩了。」小白貓扭頭看了看臥室的方向，從沙發上站了起來。

穆方知道被發現了，徑直推門而出。

楊山和湯琴看到穆方，不禁一愣。

穆方剛剛打完架，整個人灰頭土臉的，他們沒認出來，不過在這個時候，不管出現的是誰，都能讓他們多一分生存機會。

楊山嗚嗚掙扎著，湯琴張了嘴就要喊救命，可被小白貓一瞪，兩人又安靜了。

「我還以為你會殺了他們。」穆方看了看小白貓：「你就算不是雯雯，也不再是差點忘了，這是個妖怪啊，就算來再多人又有什麼用呢？

以前那個咪咪。」

「你現在好像又是穆方了。」小白貓舔了舔爪子：「不過剛才你真的好厲害，我差點就被你殺掉。」

「對不起。」穆方面露愧色：「那個狀態下，我不太容易控制自己。」

小白貓詫異地看著穆方：「你為什麼要向我道歉？我們是敵人，如果不是只能再殺兩個人，我一定會殺你。」

「你不會。」穆方搖頭：「如果你真的想動手，就不會等到我來了。」

「那是因為我還沒玩夠。」小白貓跳上沙發椅背，一對眸子映射著冷冽的光：「而且，靈界鐵捕趕來也需要時間，這個時間內，足夠我殺掉你了。」

穆方突然笑了，笑得很開心。

「你笑什麼？覺得被我殺死很好玩嗎？」小白貓惱怒道。

「沒什麼，只是我終於明白了。」穆方看著小白貓，悠悠道：「雯雯的善、咪咪的惡，都過於極端，反而容易傷人傷己。現在你們融為一體，相互影響，雯雯的善良和純真猶在，卻也多了咪咪的頑皮和果斷……」

「你胡說什麼！」小白貓越發惱怒，身子一閃，撲到穆方肩膀上，一隻爪子抵住脖子：「我現在就殺了你。」

「你如果真有那個打算，不會隨口把殺人掛在嘴邊，剛才和我戰鬥的時候，也不會不改變形態。」穆方右手暗暗從口袋裡掏出幾樣東西，輕笑道：「現在的妳，只能算是個淘氣的孩子。妳就是雯雯。」

「那你就被淘氣的孩子殺掉好了！」小白貓眼中寒芒閃現，爪子猛然長了幾分。

幾乎在同時，穆方翻手向上，用手裡的東西套住小白貓的脖子。

捆靈索，九條。

穆方這橡皮筋似的捆靈索是最低級的種類，三根可禁錮通靈境後期，但若是提高一個境界，就得成倍數增加。聚靈境初期，正好需要九根。

小白貓喵嗚一聲，從穆方肩膀跌落。

穆方摸了摸脖子上被抓出的血痕，不由得一陣心悸。

捆靈索閃閃發光，小白貓奮力掙扎，一個跳躍，竟然將茶几掀翻到遠方的牆角。

湯琴嚇得哇哇大叫，縮到客廳角落裡瑟瑟發抖。

隨著劇烈的掙扎，捆靈索似乎有些鬆動，隱隱有脫落的跡象。

穆方吃了一驚，九條竟然也困不住她嗎?!

「雯雯，冷靜些！」穆方連忙過去按住小白貓腰部，手指扣死捆靈索：「他們已經受到了懲罰，妳罷手吧。」

「我不要，我不要！你放開我，放開！」小白貓的眼珠子變得通紅：「我要殺掉他們，殺掉所有害我的人。他們是壞人，他們該死！」

小白貓嘶吼著，體型猛然變大，再度變成那巨大凶厲的樣子，奮力甩頭，帶著穆方翻了個跟斗。

掙扎越發用力，穆方就像個破麻袋似的，被摔來摔去，但就是不鬆手。

「你放手！」雯雯的聲音在怒吼：「要不然我就摔死你！」

「妳、妳冷靜些……」穆方吐了一口血，氣喘吁吁道：「殺了他們，害了自己，這買賣划不來。」

「你不放手？那好！」凶厲的貓眼猛然看向角落裡發抖的湯琴：「我現在就殺了她！」

穆方吃驚，立刻向前一翻，用身體把雯雯整個抱住。

「放開我，放開我……」鋒利的四爪狂蹬，沒多久，穆方前胸就被抓得傷痕累累，殷紅的鮮血也滲了出來。強勁的力量，讓穆方體內氣血翻騰，嘴角溢出一縷血跡。

「想阻止我，你就殺了我，讓那個人出來殺了我！」貓形凶獸又蹦又跳，大聲嘶吼：「你不是很厲害嗎？殺我啊，來啊！」

「我不會再開靈目了。」穆方一張嘴就是一口鮮血，不過慘白的臉仍露出笑容：「那兩個除靈師也算做了一件好事，陰差陽錯讓妳有了肉身。我答應過要照顧妳，這樣一來，事情就方便多了……」

陣陣青色氣焰散去，凶獸再度變回了小白貓的樣子，也停止了掙扎。

小白貓低著頭：「你那些話只能騙騙雯雯，我才不稀罕。」

「要怎麼想是妳的事，怎麼做是我的事。」穆方笑著，緊緊地摟著小白貓：「哪怕妳再調皮、再淘氣、再怎麼不願意，我也要照顧妳。因為妳是雯雯，我答應過妳……」

小白貓沒有抬頭，但穆方感覺得到，她的身體在微微顫抖。

「差點忘了還有件事……」穆方手指動了動，一封信出現在指間。

「雯雯，收信吧。」

小白貓遲疑地抬起爪子，速度很慢，過了不知道多久，終於碰到了信封。

任務完成！

聽到冥冥中的那個聲音，穆方瞬間感覺一陣輕鬆，閉上眼睛昏睡了過去。

如果不是強迫自己打起精神，穆方在地下倉庫的時候就該暈過去了，能撐到現在，全是靠意志力支撐。

不過穆方之所以放鬆下來，不是因為任務完成，而是蕭雯雯終於認可了她自己的身分。

蕭雯雯是不會殺人的，咪咪才會。

承認雯雯的身分，說明她想通了，找回了自己。

只是現在的蕭雯雯，再也不是過去那個傻傻的小丫頭了……

穆方醒來後發現自己躺在床上，身上還蓋著被子，他轉頭觀察周圍的環境，看起來像在旅館裡。

我怎麼會在這？這是哪？我不是應該在楊山家裡嗎……

對了，雯雯呢?!

穆方發了會呆，恍然驚醒，猛地坐了起來。

起身後，他才發現自己光著上身，還纏著不少繃帶。

「你醒了啊。」身後傳來一個聲音。

扭頭看了一眼，陳清雅正坐在一張靠窗的桌子前，手裡拿著一本書，笑盈盈地看著他。

「渴嗎？」陳清雅順手拿起桌子上的電熱水壺。

穆方眨了眨眼，突然扯起被子掩住胸口，吃驚地問：「妳對我做了什麼？」

陳清雅一個踉蹌，差點把電熱水壺往穆方砸過去。

「你這個死變態，腦子裡能想點正經的東西嗎？真該讓你在大街上凍死，我怎麼就那麼手賤，沒事救你幹嘛……你個臭痞子、臭無賴……」陳清雅氣急敗壞，站起來狂罵穆方一頓。

陳清雅平時自認溫柔文雅，但在穆方面前，怎麼也沒辦法溫雅起來。她活這麼大，就屬這幾天失態罵人的次數最多。

穆方拿被子擋住噴過來的口水，大概懂了事情真相，趁著陳清雅罵累喝水的空檔，探頭問道：「妳是說，妳是在大街上發現我的？」

「廢話！」陳清雅喝了一口水，氣呼呼道：「我為了看著你的傷勢，整個晚上都沒睡，除了我媽之外，我還沒這麼伺候過別人呢。」

聽了這話，臉皮厚如穆方也有點不好意思了。

「那個，謝謝啊，我又欠妳一次。」穆方許諾道：「以後有什麼事儘管說，我肯定幫妳。」

陳清雅臉色一沉。「別讓我再看見你就行了，我怕被你氣死。」

「這要求倒是挺簡單的，哈哈。」穆方乾笑了兩聲，問出了自己最在意的事：「你們發現我的時候，有沒有看到別的生物？比如說貓？還有，這幾天安洪市有沒有死人啊？比如說一對夫妻……」

「什麼都沒有。我還想問你那惡靈跑哪去了呢。」陳清雅低頭從床頭櫃拿出一個背包，丟給穆方：「這是你的包包。」

「噢。」穆方伸手接過。

「還有這個。」陳清雅把白玉片丟還給穆方：「這玉珮雖然是靈器，但陰氣太重，還是少戴為妙。」

「嗯，多謝。」穆方沒多作解釋，順手將玉片放到一邊，翻了翻自己的背包。

「翻什麼翻，怕我偷你東西啊！」陳清雅惡狠狠瞪著穆方：「明明還有那麼多靈棗，竟然說沒有了，小氣鬼！」

「誰叫我窮呢。我可不像你們那麼有錢，買個棗都是五百萬起跳。」穆方嘿嘿一笑。

「如果你想的話，賺取這些俗物很容易。」陳天明恰好推門進來，聽到穆方的後半句話。

陳清雅連忙起身，幫陳天明搬了張椅子，轉身的時候小聲對穆方道：「你藏著靈棗的事我爸不知道。」

穆方一怔，意外地看了陳清雅一眼。

「你們在說什麼？」陳天明察覺到女兒和穆方說悄悄話，但沒聽清。

「啊，沒什麼。」穆方轉移話題：「您剛才說賺錢容易，怎麼賺啊？您眼裡的俗物，我可是需要得很呢。」

穆方是真的對此很感興趣。陳天明隨隨便便就拿出五千萬買大棗，這暴發戶的氣派比宋逸來還厲害，要是有什麼門路，他肯定要插一腳。

「很簡單，除靈。」陳天明解釋道：「我們除靈多是替天行道，但如果是一些富豪人家委託，我們也會索要報酬。你感興趣的話，我可以介紹一些人給你。」

「哦。」聽陳天明說完，穆方頓時有些意興闌珊。

「怎麼?你對錢不感興趣?」陳天明不明白。

從穆方先前的表現來看，這小子絕對是個見錢眼開的傢伙，怎麼會一點興致都沒有的樣子?

「我對錢感興趣，但對除靈沒興趣。」穆方聳了聳肩。

陳天明嘆息：「可你終歸是人類。擁有那樣的力量，應該為人服務。」

「為大眾服務的工作交給你和政府就好，不差我一個。」穆方嬉皮笑臉：「這個問題我們好像吵過，就沒必要再討論了吧。」

陳天明苦笑著搖了搖頭。

他一整晚都在尋找蕭雯雯的蹤跡，早上才回來。他的家傳羅盤對怨氣和惡靈感應很敏銳，但一個晚上下來，卻幾乎沒什麼反應，好像那隻惡靈憑空消失了一樣。

由此，陳天明猜測那惡靈已死於穆方之手，只是穆方固守著自己的理念，才死不承認。

陳天明沒再多說，識趣地沒提及蕭雯雯的事。穆方雖然不大明白怎麼回事，但也樂得清閒。

又聊了一會，陳天明以穆方要換衣服的藉口，將陳清雅帶了出去。

「清雅！」出門之後，陳天明劈頭便問：「妳對穆方有什麼看法？」

「不要臉的傢伙！」陳清雅的回答毫不猶豫。

「呃……」陳天明無奈：「我不是問這個，是其他方面。比如通靈者的相關特質。」

「噢，您問這個啊。」陳清雅想了想，回答道：「他實力很強，絕對是同齡通靈者中的佼佼者。雖然我不大願意承認，但他的確比我強。還有他的師承也很神祕，靈棗、靈目，這些東西可不是普通人能隨便拿出來的。」

陳天明點點頭，又問：「別的呢？」

「別的？」陳清雅又努力地想了想，果斷回道：「他是個不要臉的傢伙！」

「好吧……」陳天明只得乾脆地問道：「那妳覺得，他跟司馬山明比起來怎麼樣？」

陳清雅愣了愣，好笑地說道：「爸爸，您怎麼會把他跟山明哥比？人家山明大哥可是貨真價實的通靈境中期，哪像這小子一樣靠靈目作弊。還有，家世、人品、談吐……嘖嘖，這兩人根本沒可比性啊。」

看著陳清雅滔滔不絕地數落穆方，陳天明暗自搖了搖頭。

雖然從表面上看，這麼評價穆方沒錯，但他要是真那麼簡單，又怎能降服那樣的惡靈？司馬山明就夠厲害了，現在又多個穆方，這些小輩，一個個都不得了啊。

「啊嚏！」房間裡的穆方又打了一個噴嚏。

「見鬼，從剛才開始就不停打噴嚏，難道這房間的暖氣壞了？」

穆方嘀嘀咕咕地穿上褲子，再穿起上衣。

突然，細小的敲打聲從窗戶處傳來。

穆方扭頭一看，褲子差點又掉下去。

一隻小白貓正趴在窗外敲著玻璃，還拿小爪子遮著一隻眼睛。

穆方一邊繫腰帶一邊跑過去打開窗子，驚疑道：「雯雯，妳怎麼會在這？」

雯雯輕巧地跳到桌子上。「別用那種提防的眼神看我好不好。」

「我哪有……」穆方臉紅了一下，還是擔心地問道：「楊山和湯琴他們夫婦，妳應該沒……」

「殺掉啦。」雯雯齜牙。

「啊?!」穆方嘴張得老大。

「騙你的啦，笨蛋。」雯雯咯咯笑道：「如果殺掉他們，鐵捕早就把我抓走了。我只是略施薄懲，教育了他們一下，那兩人現在都是超級喜歡貓咪的愛心人士了喔。」

此時，雯雯嘴裡的「愛心人士」，正一人拎著一根棍子在大街上巡邏，只要看到有人欺負流浪貓，哪怕只是跺腳嚇唬一下，兩人都會舉著棍子衝上去制止。

他們聽不懂雯雯說的話，但雯雯用肢體語言讓他們明白，只要這座城市裡有一隻流浪貓被欺負，她就會回來找楊山和湯琴。

「妳這樣教育啊……」雯雯的敘述讓穆方頗感無語：「先前把人吊起來燒腳底板，現在又這樣……也太沒品了。」

「這樣很沒品嗎？我是跟你學的說。」雯雯認真地思考：「難道像你那樣把人綁起來，讓他們被遊魂舔遍全身，才是友好的方式？」

「呃，那個……我們不說這個了。」穆方輕輕咳嗽了兩聲，謹慎地看向房門，壓低聲音道：「那兩個除靈師還在外面。我知道妳不怕他們，但如果被發現了會很麻煩。」

「放心啦，我可以把靈力隱藏起來，沒人會發現的。」蕭雯雯舔了舔爪子：「你剛才都沒發現我，他們又怎麼會注意得到。」

穆方這才發現，蕭雯雯身上竟然一點靈力波動都沒有，只要不張嘴說話，完全跟普通的貓咪沒有兩樣。

「妳還真有一套，怎麼做到的？」穆方很吃驚。

蕭雯雯得意道：「要跟著你，我當然有萬全的準備。」

「跟著我？」穆方愣愣地問：「跟著我做什麼？」

「你不是說要照顧我嗎？」雯雯抬起頭，兩隻大眼睛浮出濃濃霧氣：「難道都是騙我的？那我還是去殺兩個人，下地獄好了。」

「當然不是，我說到做到。」穆方一陣尷尬，更是頭疼。

穆方當時說的那些話，完全是衝動之下才說出口的，現在冷靜下來仔細想想，身邊隨時隨地跟著一個妖靈，還張口閉口都要殺人，怎麼想都覺得不太妙。再說家裡還有一隻會說話的老鳥，這兩隻該不會打起來吧？

10

百魂聚靈，妖行天下

辭。

陳天明父女本想和穆方一起去黑水，拜訪那位神祕的薛先生，但一是老薛不在，再者就是家族突然來信急召，只得暫時作罷。兩人與穆方互留了聯繫方式，便匆匆告辭。

與陳家父女辭別後，穆方興奮地打電話給父母。

現在自己發財，是千萬富翁了，父母可以回國，不用繼續做勞工了。

穆方興沖沖地報告好消息，結果父母根本不相信，反而懷疑他是不是病了，一直叫他去看醫生。

無奈之下，他只好表示醫院肯定會去，但也拜託他們千萬千萬要去查查戶頭，看看是不是真多出了錢。

結束與父母的通話，穆方這才想起賀青山，又撥了通電話過去。

他的手機在戰鬥中摔壞了，賀青山和錘子先前聯繫不到人，接到電話鬆一口氣的同時，自然少不了埋怨幾句。

就這樣，一番波折之後，三人一貓踏上了返回黑水的旅程。

賀青山和錘子對多了隻貓沒什麼反應，從穆方先前的表現來看，他就算帶一整車的貓回去都不意外。

不過穆方卻一直暗自發愁。這可不是普通的貓，回去該怎麼和那隻老鳥解釋呢？看你太無聊，幫你帶個伴？

「忠哥，忠哥啊，我回來啦！」回到家，穆方大聲喊道。

「喊那麼大聲幹什麼，我沒聾。」烏鴉站在院子的曬衣竿上，瞇著眼睛曬太陽。

「您還真愜意。」穆方從背包裡掏出一袋東西：「這是我從安洪帶回的特產，請笑納。」

「算你有心。」烏鴉睜開眼：「把那妖靈搞定了？」

穆方挺胸：「當然，你也不看我是誰！」

「用了二段開眼吧。」烏鴉眼中閃過一絲戲謔。

「不說我差點忘了，你這個大騙子。」穆方氣呼呼道：「開凶眸後根本沒辦法控制意識，我差點變成嗜血狂魔你知不知道。」

「你只是控制不住殺意而已，那也恰好是你最欠缺的。要是真的沒辦法控制意識，你就回不來了。」烏鴉抖了抖翅膀，從曬衣竿上飛下，想看看穆方買了什麼特產回來。

鳥飼料！

在耀眼的陽光下，包裝袋上三個碩大的字體，奪人眼球。

烏鴉跳起來搧了穆方一翅膀：「混蛋，這就是你買給我的特產？」

「當然，這可是最高級的飼料，很貴的。」穆方又從背包裡掏出兩袋：「我還有買其他口味的，您都嘗嘗看吧。」

看著那些包裝精美的袋子，烏鴉真想一口啄死穆方。

「誰告訴你我吃這個的！你怎麼自己不吃！」烏鴉點著袋子上的蚯蚓圖案，跳著腳大聲咆哮：「這些東西能吃嗎？我又不是雞！」

「但你是鳥啊。」穆方上下打量，疑惑道：「難道烏鴉和別的鳥不一樣？」

「誰告訴你我是真的鳥了！我只是為了避開天道的監視才用了這個身體！」烏鴉氣急敗壞：「你馬上把這些玩意扔掉，不然老子就吃了你！」

「就算不喜歡也別嫌成這樣嘛，我和雯雯挑了很久呢……」穆方嘀嘀咕咕。

「雯雯？」烏鴉敏銳地抓住了關鍵字。

「我新認的妹妹。」穆方回道。

烏鴉眼露不悅：「你發善心我不反對，但最好不要把人帶回這裡。你應該知道，我們不適合和普通人相處。」

「放心，不是普通人！」穆方嘿嘿笑著，朝後面招了招手：「雯雯，快進來見見忠哥。」

在烏鴉疑惑的注視下，一隻小白貓輕巧地從門外走了進來。

「一隻貓啊……」烏鴉不禁莞爾，立刻感覺自己又被穆方耍了。

他剛想罵穆方兩句，突然瞳孔一縮，忽地一下倒飛出四、五公尺遠，羽毛都豎了起來。

「妖靈?!」

「別緊張別緊張。」穆方擋在雯雯身前，連忙解釋道：「她就是蕭雯雯，我這次的送信對象，也是我和你說過的那個妖靈……總之說來話長，反正她現在很乖的，不會胡亂傷人。」

雯雯從穆方腿後探出腦袋，好奇地盯著烏鴉左瞧右瞧：「他就是你說的那隻老烏啊？果然感覺很厲害呢。」

烏鴉神色陰晴不定地看著雯雯，連老鳥這麼忌諱的字眼都忽略了過去。

一隻聚靈境的妖靈其實不算什麼，真正他震驚的是，雯雯竟然避開了他的感知。如果沒有多看幾眼，完全就是一隻普通的貓。

「穆方！」烏鴉聲音低沉：「把你這次去安洪發生的事都告訴我，一個字都不准省略。」

「噢……」穆方沒隱瞞，把在安洪發生的一連串事件一五一十地說了一遍。

烏鴉自動過濾了陳天明父女這類無關緊要的訊息，目光又落到了雯雯身上。

「百魂聚靈，妖行天下……生在這個時代，真不知是妳的造化，還是妳的不幸。」烏鴉一聲嘆息。

穆方眉毛挑了一下，沒有說話。

烏鴉感慨完，對雯雯問道：「僅憑貓的怨氣和焚靈陣，不足以煉出靈體妖身。妳的身上，是不是還有其他東西？」

「其他東西？」雯雯想了想，張口吐出一樣東西：「你是說這個嗎？」

穆方低頭撿起，不由得一愣：「玉片？」

先前一直專注咪咪的事，竟然把這東西忘了。

穆方拿出自己的玉片，將兩者比較了一下，感覺應該是一樣的。他試著把玉片拼在一起，一陣光華之後，兩個玉片果然融合成一塊。

烏鴉看在眼裡，只感覺荒謬無比。

有這個玉片，雯雯成為妖靈的理由倒是能解釋得通了，可是……這也太巧了吧，兩個碎片竟然又能拼上？難道這真的是天意？

看著融合的玉片，穆方皺起眉頭，想了想，把玉片放在地上，隨手撿起一塊石頭就砸。

烏鴉嚇了一跳：「你要幹嘛？」

穆方尷尬回道：「那玉片是雯雯的啊，我得還給她。」

「不用啦。」雯雯毫不在意：「就當我送你了，反正我不需要。」

「這個可以滋養靈力的，對妳有好處。」穆方解釋。

「你留著吧，真的對她沒用。」烏鴉接口道：「她現在有了肉身，那個玉片不會再對她起作用。」

穆方這才將玉珮收起，遲疑了下，對雯雯道：「雯雯，這個玉片是誰給妳的？是不是一個有些妖異的男人？」

雯雯搔了搔頭：「我記得是一個怪怪的鄰居叔叔，長得挺帥的，只是不知道為什麼，總是想不起來他到底長什麼模樣。後來我才知道他是個壞蛋，毒死貓咪的建議，就是他提出來的！」

穆方心頭一凜，突然想起一件事。

在看蕭雯雯記憶時，裡面確實有個奇怪的男人，其他人的面貌清晰，只有他的面孔是模糊的。而且現在仔細想想，劉豔紅提到的那個人、吳家四口提到的那個人，有很多共通點。

「忠哥。」穆方將猜測大略向烏鴉說了下，問道：「那個人面孔模糊，應該是用了什麼祕法掩飾，再綜合劉豔紅他們提到的訊息，我猜三起事件的幕後黑手是同一個人。這個人到處作亂，會不會就是篡命圖的主人？」

「有這個可能。贈玉片、蠱惑殺人，這些都很可疑。大人之所以推算出這次任務和九靈篡命圖有關，應該就是因為這玉片，是我之前太武斷了。」烏鴉嘆了口氣：「妖靈的出現，雖然破壞了讓那傢伙的計畫，但線索也跟著斷了，很難順著這條線再查下去。」

「我不會放棄的。」穆方狠狠咬了咬牙：「不管是誰，這種混蛋都該活活被扁死。」

「你們的話真奇怪，不好玩。」雯雯跳上圍牆：「我還沒離開過安洪市呢，出去玩玩。」

穆方連忙提醒：「別跑遠，也別跑去嚇人。」

「知道啦，真囉嗦。」雯雯敏捷地跳上屋簷，一下就不見蹤影。

直到確認雯雯走遠了，穆方才轉身對烏鴉道：「忠哥，篡命圖的事我們晚點再談，但您剛才說的『不幸』，是什麼意思？」

烏鴉望著雯雯離開的方向，嘆道：「妖靈雖有肉身，但畢竟是魂靈凝聚，缺少命之根本，他們所消耗的力量，只能靠吸收外界靈力補充，無法像通靈者那樣自行休養恢復。

「若是在天地靈力充沛的時代，能修成妖身的妖靈，無一不是天地的寵兒，必然會成長為令人敬畏的存在；可如今靈力稀薄，妖靈形成極為困難，吸收外界靈力更是幾乎不可能的事。

「若是她肆意使用自己的力量，終有一天會耗盡精元，消逝在天地之間。」

穆方沉思片刻，問道：「那如果用靈棗之類的東西補充呢？」

烏鴉搖了搖頭：「靈果能幫助恢復，是建立在命元的基礎上，並非外界補充。簡單來說，其他人是年年可長新芽的幼苗，雯雯則是已失去生機的大樹，不論怎樣施加肥料，都不會繼續生長，果實樹葉再多，也終有掉光的一天。」

「把她送入靈界呢？」穆方又問：「靈界的天地靈力應該很充足吧？」

烏鴉搖頭：「靈界的確不缺天地靈力，但雯雯身上背著四十七條生靈的怨力，一入靈界，必遭追捕。這是天地法則，就算十殿閻羅也不可違背，除非她有抗衡地府的力量，否則必被拘入十八層地獄。」

穆方沉默良久，突然展顏一笑：「那還是留在這裡就好。我幫她守著，不讓她濫用力量不就得了。」

「沒錯。」烏鴉點頭，心中卻暗自搖頭。

修成妖身的妖靈畢竟是天生異類，必定一生坎坷，不使用力量，談何容易？

不知道是同為妖靈的關係，還是出於對雯雯的同情，李文忠不光接納了雯雯，還給了一些額外的警示和提點。原先煩惱的事並未發生，穆方終於放下心，想了想，打了通電話給韓青青。

上次才被罵個臭頭，穆方也不懂自己怎麼又犯賤打給那個母老虎，但就是覺得，既然回來了，不通知她一聲好像說不過去。

「穆方你表現得不錯啊。」電話一接通，就傳出韓青青的笑聲：「我在電視上看到新聞了，聽說那幾個虐貓的傢伙被人教訓得很慘，其中有你的功勞吧。」

「呃，算是吧……」穆方打著哈哈。

「對了。」韓青青的聲音突然嚴厲起來：「聽說裡面有個女的，衣服都被人剝光了，不是你幹的吧？」

「絕對沒有。」穆方睜眼說瞎話。

韓青青哼了哼：「沒有最好，敢占別的女人便宜，小心老娘閹了你。」

穆方翻了個白眼道：「照妳這麼說，我只能占妳便宜是嗎？」

「靠，你又皮癢了是不是！」韓青青激動大罵：「馬上就要考大學了，還不快給老娘好好念書！考不上好學校你就死定了！」

韓青青語無倫次地罵了幾句，迅速掛斷電話。

「莫名其妙。」穆方嘟囔了兩句，腦子裡靈光一閃。

靠，這大小姐不提，自己差點忘了，送信任務圓滿完成，得去找蕭逸軒拿報酬！

雖然成了千萬富豪，但穆方並不介意錦上添花，尤其是唐寅真跡的價值，非常可能在千萬之上。

不過他目前最在意的不是那幅畫，而是當初說好的另一個附加條件。

考試作弊。

有錢了，一家人可以團聚了，但父母的期盼也一定要完成。考試作弊不是什麼值得說嘴的事，但對厚臉皮的穆方來說，這根本不算問題。

返回黑水的當天夜裡，等雯雯在外玩了一圈回來，穆方就帶著她直奔黑水一中去找蕭逸軒。

穆方發現帶著雯雯有一個好處，她不光隱匿能力超強，對靈力的感知也極為敏銳，翻牆進了一中校園，雯雯便察覺到了蕭逸軒所在的位置。

現在的雯雯融合了咪咪的性格，和之前的蕭雯雯不同，不過祖孫之情尚在，原本還裝作很輕鬆的樣子，但和爺爺見面時馬上就哭了。

蕭逸軒也是老淚縱橫，並未因為雯雯變成貓而有所排斥，只有憐惜和思念。

蕭雯雯當年失蹤是蕭逸軒的一塊心病，但不是他真正的執念。比起對孫女的愧疚，蕭逸軒更怨兒子和兒媳，蕭雯雯失蹤的時候，作為父母的他們甚至沒有回來，只是打電話詢問進展。

蕭逸軒不打算請穆方幫忙尋找那兩人。蕭雯雯變成了貓，也算重獲新生，他只想享受這最後的天倫樂。

對於穆方，蕭逸軒自然是千恩萬謝，如約拿出了那幅畫。

唐伯虎的〈松崖別業圖〉。

〈松崖別業圖〉是一套畫卷，共三個畫軸，兩幅字、一幅畫。

穆方對古畫沒研究，看不出好壞，掃了幾眼就將畫收起來，然後兩眼發亮地盯著蕭逸軒。

蕭逸軒被看得發毛：「怎麼了？這畫有問題？」

「畫沒問題，但報酬有問題。」穆方咳嗽了下：「你是不是忘了什麼？當初我們談條件的時候，你還答應我別的事情啊。」

「那個……有嗎？」蕭逸軒有些臉紅。

當初允諾幫穆方作弊的事情，蕭逸軒當然記得，只是作為一個資深教育工作者，幫學生作弊，還是大考……

蕭逸軒決定耍一次無賴。

正在這時，穆方的手機突然震動起來。看了一眼來電顯示，穆方對蕭逸軒道：「我先接個電話，您先慢慢考慮。」

「不用考慮，沒得商量！」蕭逸軒堅決不妥協。

電話是穆遠平打來的。

已經過了晚上十二點，穆遠平和方淑珍平常不會在這個時間打來，因為怕影響兒子休息，可是現在，他們顧不了那麼多了。

「穆方，你那筆錢是哪來的？」穆遠平嚴肅的聲音從話筒傳了出來：「我們家窮歸窮，但從來不做昧著良心的事……」

「你這死鬼怎麼這樣和兒子說話，我們兒子是那種人嗎！」方淑珍把電話搶了過去，帶著哭腔道：「兒子啊，你和媽說實話，你是不是把腎賣了？嗯？媽跟你說，你現在還年輕，什麼都不懂，但那關係你的將來，不能賣啊……」

「媽，我的老媽，您想到哪去了，誰的腎能賣得了那麼多錢啊？」穆方哭笑不得，連忙解釋道：「妳兒子既沒犯法，也沒賣腎，只是意外找到了幾件古董，那些錢都是賣古董賺的。」

穆方很瞭解父母，要是告訴他們什麼三界郵差、專門幫靈送信，他們鐵定會把自己送醫院。倒不是信不信的問題，主要是擔心，他知道老爸老媽寧可自己再苦再累，也不希望兒子做危險的事。

「你去偷東西了？」穆遠平又把電話搶了回去，急道：「不止是國稅局，你還想惹上警察局嗎?!」

「爸，你在說什麼啊，我怎麼聽不懂？」穆方莫名其妙：「國稅局和我有什麼關係？」

「有沒有關係不是你說了算！」穆遠平憂心忡忡道：「老實和你說吧，我和你媽壓根就沒去查銀行帳戶，是銀行打電話來，告訴我們帳號被凍結了。」

「什麼！」穆方突然提高音量，把蕭逸軒和雯雯都嚇了一跳。

陳天明的錢沒問題，穆方想怎麼花就怎麼花，但他千不該萬不該，把錢轉進穆遠平的戶頭。

因為在國外打工，穆遠平特地在美國開了一個戶頭，而穆方為了讓父母相信自己有錢了，就把錢轉了過去。

為了避免有人逃漏稅和洗錢，所有大筆資金轉帳都會受到銀行關注，更不用提海外匯款。

穆方只是普通人，戶頭突然多了五千萬本就引人注意，他還馬上將這筆錢匯到海外。銀行察覺不對勁，立刻通報國稅局，再向穆遠平核實，偏偏穆遠平不曉得實情，當然不承認。出於保險起見，銀行暫時凍結了帳戶，等到國稅局的調查結果出來後再做後續處理。

經過穆遠平解釋，穆方總算明白了情況，心裡鬱悶得要死。

「找你核實個什麼鬼啊，他們幹嘛不問我！」穆方氣道：「我馬上打給陳天明……噢，就是那個買我東西的人，請他幫我作證！」

穆遠平再三交代：「反正你好好配合政府的調查，千萬千萬別捅婁子。」

穆方不想繼續討論這個問題，隨口答應自己絕對會遵守法律，然後問父母什麼時候回國。

「兒子，我和你爸暫時回不去，最快也得等到七月。」方淑珍嘆了口氣：「我們的合約那時候才會到期。」

「還管什麼合約啊。妳兒子有錢了，不差那點違約金。」穆方不滿道：「等我把帳戶的事解決，你們就會相信我了。」

「不是錢的問題。就算你賺了一億，我們也不能立刻回去。」方淑珍道：「這工作是託了關係才好不容易找到的，我們要是隨便丟下爛攤子走人，怎麼對得起人家？」

穆遠平附和道：「是啊，這幾個月我們會選比較輕鬆的事情做，也不再申請加班，但肯定要履行完合約。車無轅不行，人無信……」

「車無轅不行，人無信不立。」穆方打斷了父親，無奈道：「我知道啦，從小你們就在我耳邊囉嗦這個。」

穆方並不意外父母的反應。講究信用，這也能算是他們的執念了，雖然在有些事上會顯得古板，但穆方願意尊重父母的堅持。

「我們的事你就別擔心了，除了配合國稅局調查，記得好好準備大學考試。」穆遠平猶豫了一會：「我知道你心思不在學校，但我和你媽還是希望你能繼續升學。就算你賺再多的錢，也買不到學生時代的回憶，趁你還年輕，多去看看這個世界。」

穆方心裡在想什麼，穆遠平很清楚，只是之前從來沒有點破，難得這次穆方明確地關心他們的未來，他不禁想提醒一下。

要是以前，說到升學穆方一定打哈哈裝傻，不過今天不一樣了。

「老爸你就放心吧，我會去考的。」穆方眼睛瞟向旁邊的蕭逸軒：「說不定這次，我能考個榜首回來呢。」

蕭逸軒聽了，眼珠子差點沒掉出來。

叫我幫你作弊就夠不要臉了，竟然還想當榜首？這小子到底有沒有羞恥心！

而事實證明，穆方確實沒有。

和父母通完電話，穆方瞪著蕭逸軒道：「蕭老師，您都聽見了吧，我父母書念得不多，都知道人無信不立，您總不會不講誠信吧？」

「你還有臉提誠信？」蕭逸軒怒道：「你覺得作弊和誠信是同義詞嗎？」

「現在只是在談您的誠信問題，跟我又沒關係。」穆方痛心疾首道：「您和誰比不好，非得跟我比？」

「我、我不跟你說了！」蕭逸軒覺得再繼續跟穆方說下去，八成會被氣成怨靈。

「反正這件事我不可能答應。你說我過河拆橋也好，忘恩負義也罷，總之畫給你了，就這樣。」

銀行帳戶被凍結實在讓人鬱悶，穆方沒耐心繼續和蕭逸軒浪費時間，直接用了最無恥的方法。

他眨了眨眼，扭頭對蹲在旁邊舔爪子的雯雯道：「妳爺爺賴帳。」

一邊說，一邊朝雯雯擠眉弄眼。

「賴帳就賴帳吧。」雯雯很配合，哼了哼道：「大不了我以後不來看他。」

「別這樣！」蕭逸軒著急了：「雯雯，妳不能這樣，我是妳爺爺。」

雯雯小腦袋瓜一撇：「我爺爺從來不賴帳。」

蕭逸軒強辯道：「他是要我幫他作弊，這對其他學生不公平。雯雯，妳以前不是最看不起這種人了嗎？」

「那是以前，現在我變了。」雯雯回答得很直接。

蕭逸軒頓時語塞，憤怒地瞪向穆方：「都是你教壞我孫女，她以前可是不這樣！」

穆方深以為然地點了點頭：「那您現在還不快以身作則，教教她什麼叫言而有信。」

蕭逸軒再度無語。

最終，在穆方和雯雯的威逼利誘下，蕭逸軒只得就範。

搞定考試的事，穆方打了通電話給陳天明，把銀行帳戶的事情說了。

以閩南陳家在世俗的影響力，想解決這點事很簡單，只是陳天明屢次在穆方面前吃癟，雖然不至於不管，但頂多按照正常程序幫穆方作證。這麼一來，以官方的辦事效率，帳戶解凍的時間就難說了。

穆方鬱悶得要死，卻又無可奈何。

本來以為不再需要擔心經濟問題，專心準備考試就好，沒想到考試的槍手都有了，經濟狀況反而回到了原點。

看了一眼手裡的〈松崖別業圖〉，穆方多少鬆了口氣。

奶奶的，幸好還有這幅畫。等學測結束，找人把畫賣了，老子照樣是千萬富翁。

此後，在蕭逸軒的協助下，穆方無恥的作弊計畫非常順利，甚至連同桌馬梁都沾到了光。但考試結束後，穆方去賣畫時，卻發生了所有人都始料未及的變故。

蕭逸軒的任務，老薛並未推算出錯，的確和九靈篡命圖有所關聯。但有關的不是李文忠猜想的玉片，而是那幅畫。

三界郵差，補全天道，每一個任務都和天道息息相關。穆方完成第一個任務時，引動天道之引，作為回饋，天道也為穆方準備了一個引子。

〈松崖別業圖〉。

這幅畫除了價值連城之外，本身沒有任何特殊之處。但在天道的安排下，它已成為一個引子，一個讓穆方和九靈篡命圖主人，越來越近的引子。

——《幽鬼宅急便03》完

俗人

四、注意事項：

★ 投稿者之作品須有完整版權，繁簡體實體書出版權及電子書版權。
★ 請勿一稿多投。
★ 投稿作品如有涉及抄襲、剽竊等情事・無條件立即終止合約並針對出版社損害於予追究。

【輕小說畫者募集中】

三日月書版徵求各種不同風格的畫者，請踴躍提供參考作品及聯絡方式，審核通過後我們將與立即與您聯絡。

一、投稿插圖檔案格式：

★ 投稿格式。

1. jpg檔案，解析度72dpi，圖片大小像素800X600。（請勿過大或者太小）
2. 來稿附件請至少具備五張彩稿及三張黑白稿或Q版圖片
3. 請投電子稿件，不收手繪原稿。
4. 請在電子郵件中以「附加檔案」的方式將作品寄送過來，切勿使用網址連結。
5. 投稿作品請使用不同構圖之作品，黑白部分請勿僅以同樣彩色構圖轉灰階投稿，來稿請以近期作品為佳，整體構圖需有完整背景與主題人物。

二、投稿信箱： **mikazuki@gobooks.com.tw**

★ 電子郵件標題：「繪圖投稿：(筆名)」。

★ 真實姓名、聯絡信箱、電話及畫者的個人基本資料，若無完整資料，恕不受理。

★ 收到投稿後，編輯會回覆一封小短信告知，如3天內未收到編輯的回覆，請再進行確認唷。

★

三日月書輕小徵稿

你喜歡輕小說，光看不過癮還想投筆振書嗎？
你自認是有才又多產的寫作高手，卻一年又一年錯過多到讓人眼花的新人大賞資訊，
找不到發揮的空間跟管道嗎?
沒關係，不用再搥胸頓足、含淚咬手巾地等到下一年

三日月書版輕小說，常態性徵稿活動即日開始囉！

【輕小說稿件募集中】

一、徵稿內容：

★ 以中文撰寫，符合輕小說定義之原創長篇輕小說。

★ 撰稿：題材與背景設定不拘，以冒險、奇幻、幻想、浪漫青春、懸疑推理等風格為主，文風以「輕鬆、有趣、創意」，避免過度「沉重、血腥、暴力、情色及悲劇走向」的描寫。主角請勿含BL相關設定，配角為耽美BL設定請視劇情需要盡量輕描淡寫帶過。

★ 字數限制：每單冊7萬字～7萬五千字(計算方式以Word工具統計字數為主，含標點符號不含空白為準。)
稿件已完成之長篇作品，請投稿至少前三冊，並附上800字左右劇情大綱及人物設定，以供參考。
未完成創作中稿件，投稿字數最少為14萬字，並附800字劇情大綱及人物簡介。

★ 投稿格式：僅收電子稿，不收列印之實體稿件。

★ 一律使用.doc(WORD格式)附加檔案方式以E-mail投遞。且不接受.txt、.rtf等格式稿件，與直接貼於信件內的投稿作品。請將檔案整理為一個word檔投稿，勿將章節分成數個檔案投稿。

二、來稿請附：

★ 真實姓名、聯絡信箱、電話及作者的個人基本資料、個人簡介、800字故事大綱、人物設定，以上皆請提供word檔，若無完整資料，恕不受理。

三、投稿信箱：mikazuki@gobooks.com.tw

★ 標題請注明投稿三日月書版輕小說、書名、作者名或作者筆名。

★ 收到投稿後，編輯會回覆一封小短信告知，如3天內未收到編輯的回覆，請再進行確認喲。

★ **審稿期為30個工作天**，若通過審稿，編輯部將以email回覆並洽談合作事宜。

高寶書版集團
gobooks.com.tw

輕世代 FW114
幽鬼宅急便03

作　　者　俗　人
繪　　者　言　一
編　　輯　林紓平
校　　對　許佳文、謝夢慈
美術編輯　陸聖欣
企　　劃　林佩蓉
排　　版　彭立瑋
出　　版　英屬維京群島商高寶國際有限公司臺灣分公司
　　　　　Global Group Holdings, Ltd.
地　　址　臺北市內湖區洲子街88號3樓
網　　址　gobooks.com.tw
電　　話　(02) 27992788
電　　郵　readers@gobooks.com.tw（讀者服務部）
　　　　　pr@gobooks.com.tw（公關諮詢部）
傳　　真　出版部　(02) 27990909　行銷部 (02) 27993088
郵政劃撥　19394552
戶　　名　英屬維京群島商高寶國際有限公司臺灣分公司
發　　行　希代多媒體書版股份有限公司/Printed in Taiwan
初版日期　2014年12月

國家圖書館出版品預行編目(CIP)資料

幽鬼宅急便/ 俗人著.-- 初版. -- 臺北市：
高寶國際, 2014.12-
　冊；　公分. --

ISBN 978-986-361-089-2(第3冊：平裝)

857.7　　　　103016005

三日月書版

三日月書版

GOBOOKS
& SITAK
GROUP©